열 살 최강 마도사

3

페리스는 마법진 중앙에 서서 자신이 만들어낸 언령을 읊었다.

Seiju Amano
아마노 세이주

illustration
후카히레

"앨리시아 씨도 쟈넷 씨도
어어어엄청 어른스러워요 !"

"전혀 열두 살로 보이지 않는다니까 !"

청초한 분위기의 원피스 타입.
앨리시아의 수영복은
쟈넷이 입은 것은
대범한 비키니다.

페리스가 입은 것은
여자아이에게 잘 어울리는
짧은 프릴이 달린 비키니
테테루의 수영복은
건강미 넘치는
브라와 쇼트 팬츠.

"……전 이런 가게가
같습니다.
리가 지끈대는군요."

"다음은 저 가게로 가자!"

롯데 선생님은 얼굴을 찡그린
일라이자 선생님을 끌고 가듯이
근처의 양복점으로 들어갔다.
일라이자 선생님은 가게 안을 둘러보고서
언짢은 듯이 관자놀이에 손을 얹었었다.

"그러고 보니……"

앨리시아는 입가에
손가락을 얹고서 상기했다.

"너무 제멋대로잖아요 !"

자넷이 소리쳤다.

곰은 커다란 주둥이에서 침을 줄줄
흘리며 소녀들을 내려다보았다.

"모, 몸종……?"

떨리는 목소리로 되물은 페리스.

"내 몸종이 되러
온 거야?"

소녀들이 기다리고 기다리던 바캉스를 즐길 날이 왔다!
첫 바다, 첫 수영복,
첫 별장, 그리고 처음 겪는……?
페리스에게 푹 빠진 자넷,
지켜보는 앨리시아, 마이페이스 테테루.
휴양지에 왔던 선생님들과도 만나
교사와 학생의 틀을 넘어 즐거운 시간을 보낸다.
그러나 바다에서도 사건이 일어난다.
저주받은 마법 도구, 커스드 아이템의 폭주가
평화로운 휴양지를 덮쳤다.
친해진 많은 관광객이
자칫 전멸할 위기에 처한다.
페리스의 강력한 마도 덕분에
어떻게든 막아냈지만
기묘한 사건이 계속해서 일어난다.
페리스는 앨리시아 일행의 도움을 받아
사건을 쫓게 되는데.
신기한 소녀가 나타났다 사라지는 저택.
깊어지는 의문과 환상.
일찍이 앨리시아의 어머니가 지냈다는
별장 다락방에서
페리스 일행이 발견한 것은……?

열 살 최강 마도사

3

ru Ammano

마노 세이주

tration

카히레

상륙판
디어(주)

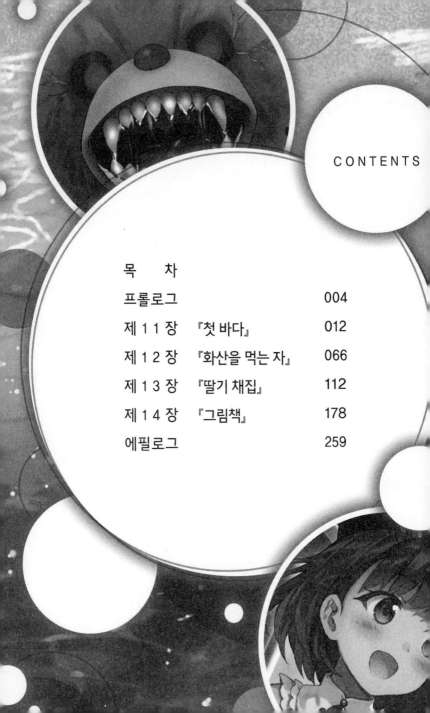

CONTENTS

최강 열살 마도사 3

illustration : 후카하레

프롤로그

바닷바람에 쪽빛 바다가 일렁였다.

하늘의 별들이 물방울이 되어 물가를 조용히 적셨다.

온화한 시간이 흐르는 해안가에 세워진 별장이 있었다. 하얀 벽과 코코아 빛깔의 삼각 지붕. 넓은 부지가 주인의 신분을 간단히 떠올리게 했다.

그 별장의 다락방 창문으로 작은 그림자가 보였다. 투명한 달빛을 받아 그 모습이 어렴풋이 떠올랐다.

동그란 눈동자는 해안을 가만히 내려다보았지만 그것은 더 먼 곳에 있는 무언가를, 혹은 누군가를 떠올리는 것만 같았다.

"이제 곧…… 그 아이를 만날 수 있을 것 같아."

작은 그림자가 속삭였다.

혼잣말처럼, 소원을 비는 것처럼.

"아니, 반드시 만날 거야. 그 아이는 와줄 거야. 집안이 이렇게 떠들썩하니까. 이제야 방에 불빛이 켜졌으니까."

침묵만이 대답하는 다락방에서 그림자가 뛰었다. 쌓인 장난감 사이를 미끄러지며 바닥을 삐걱거리는 일도 없이 뛰어다녔다. 아무리 날뛰어도 먼지 하나 일지 않았다.

얼마 후 지쳤는지 작은 그림자는 창가로 돌아왔다.

창문에 얼굴을 대고서 숨을 내쉬었다.

"빨리 돌아와. ……네가 필요해."

다락방에서 그림자가 사라졌다. 마치 그곳엔 아주 오래전부터 아무것도 존재하지 않았던 것처럼. 이윽고 별장의 여기저기에서 떠들썩한 소리가 들리기 시작하더니 생활의 기운이 일어났다.

조용히 내리는 달빛 속에서 바다의 물거품만이 모든 것을 지켜보고 있었다.

마법 학교의 교장실에 롯테와 일라이자가 서 있었다.

이미 학생들의 대부분은 기숙사로 돌아가 교내에 남은 것은 열심히 과외 활동을 하는 사람들 정도였다. 지금쯤 페리스 일행도 다가올 휴가에 두근거리고 있을 것이다.

하지만 교직원들에겐 제대로 된 휴일이 없으며, 오히려 학생들이 없는 시기야말로 수업 준비와 연구 등으로 바쁘다. 그런 가운데 교장이 중요한 이야기가 있다며 호출된 롯테는 연신 고개를 갸웃했다.

"교장 선생님이 무슨 말씀을 하실까? 일라이자 선생님은 뭐 들은 거 없어?"

일라이자는 고개를 저었다.

"아니요. 생각해도 어쩔 수 없을 겁니다. 교장 선생님이 오면 알 수 있겠죠."

"그건 그런데. 혼날 만한 일을 했나 싶어서."

아무리 어른이 되어도 교장실로 불려가는 것은 불편할 수밖에 없는 롯데. 이 방의 광경은 롯데가 마법 학교의 학생이었던 시절과 전혀 달라지지 않았다. 교장은 오래전부터 신화에 나올 법한 풍채를 한 할아버지였고 아무리 지나도 할아버지였다.

"롯데 선생님은 모르겠지만 전 타인에게 잔소리 들을 행동을 하지 않았습니다."

일라이자가 단언했다.

"엄청난 자신감이네!"

"사실이니까요."

그리고 다시 이 동료와 밀실에서 나란히 선 상황이 갑갑한 분위기를 더욱 증폭시켰다. 실력이 있는 것은 부정할 수 없지만 타인과 친해지지 않고 자신을 굽히지 않는 일라이자의 스타일은 상대하기 편하다고 말하기 어렵다.

그때 공중에 고풍스러운 삼각 모자가 나타났다.

모자가 꾸물꾸물 커지더니 그 아래로 손발이 자라며 노인이 나타났다. 울퉁불퉁한 손에 마찬가지로 울퉁불퉁한 지팡이를 쥔 흰수염 노인, 교장 미르딘 윌트다. 상당한 나이임에도 장난기를 잃지 않은 점이 눈부신 경력이 있으면서도 다가가기 쉬운 까닭일 것이다.

교장은 롯데와 일라이자의 얼굴을 확인하고서 눈꼬리에 주름을 새기며 웃었다.

"기다리게 해서 미안하구나. 아름다운 나비가 교정을 나는 걸 정신없이 쫓다 보니 늦고 말았어."

"역시나 교장 선생님이네요……."

롯테는 쓴웃음을 지었다.

"음? 황당하다는 표정이구나. 평범한 나비가 아니었어. 그건 이나키스 프레미아다, 가루에서 희귀한 마법 약을 채취할 수 있다는……."

곧바로 일라이자가 끼어들었다.

"변명하실 필요 없습니다. 빨리 용건을 말씀해주세요. 교장 선생님과 다르게 한가하지 않으니까요."

"일라이자 선생도 여전하구먼……."

희귀한 나비의 잡담을 하고 싶었던 교장은 풀이 죽었다. 교직원과 대화를 나누는 것은 중요하다고 생각하지만 최근엔 성급한 젊은이가 많아 곤란하다.

"오늘은 두 사람에게 부탁이 있어 불렀네. 이번 방학 말인데, 두 사람은 급한 일이 없었지?"

고개를 끄덕인 롯테와 일라이자. 해야 하는 일은 산더미 같지만 그것은 평소와 마찬가지라 끈기 있게 천천히 처리해나갈 수밖에 없다.

"그래서 말인데, 두 사람이 휴가 동안 페리스 일행을 지켜봐 줬으면 좋겠네."

"페리스를……? 친구들하고 앨리시아의 친척 별장으로 간다고 했는데 거길 따라가라는 말씀이세요?"

롯테가 고개를 갸웃했다.

"아니, 따라가는 게 아니지. 모처럼 방학인데 교사가 같이 가면 마음껏 즐길 수 없을 테니 어디까지나 뒤에서 몰래 부탁하네."

일라이자가 턱을 세웠다.

"페리스의 마도가 폭주했을 때나 불온한 세력이 접근했을 때를 대비해 감시하라는 말씀입니까?"

"감시라고 하면 거북하지만, 뭐 그런 셈이지."

"그렇구나. 마법 학교가 있는 트레이유의 밖이라면 페리스의 정보를 지우는 것도 어려울 테니까요."

롯테가 수긍했다. 일단은 구덴베르트 가문의 호위가 페리스 일행에게 동행한다지만 마법에 관해서라면 마법 학교의 교사가 가까이에 있는 편이 안전하다.

"롯테 선생은 그 아이들의 담임이고 거친 일이라면 일라이자 선생을 당해낼 사람이 없지. 자네 두 사람이 가장 적절한 인선이라고 판단했네. 어떤가, 맡아줄 텐가?"

교장은 교사들의 얼굴을 보았다. 일라이자는 미간을 찌푸렸다.

"그건 일입니까? 아니면 교장 선생님의 개인적인 의뢰입니까? 후자라면 제가 그 아이들을 감시할 의무는 없습니다."

"무슨 말이야, 그 아이들은 우리의 소중한 학생이야!"

롯테는 주먹을 쥐며 분개했다.

일라이자는 안경 위치를 고치며 렌즈 너머로 무기질적인 시선을 보냈다.

"본래 휴가 중의 사고는 보호자 책임입니다. 페리스처럼 위험한 존재의 보호자를 선뜻 받아들이는 사람은 없을 거라고 생각합니다만."

"난 좋아! 페리스 귀엽잖아!"

"귀여움과는 상관없습니다."

"귀엽다는 건 인정하는구나?"

"제 취향은 상관없습니다. 개인적인 감정으로 움직이는 것은 교사 실격입니다."

"내가 실격이라는 말이야?!"

"음? 자각은 있는 모양이군요."

"뭐?!"

다투기 시작한 롯테와 일라이자에게 교장이 끼어들었다.

"자, 그러지 말게. 그렇게 흥분할 것 없지 않나."

"전 흥분하지 않았습니다. 항상 냉정합니다."

"일라이자 선생은 그렇겠지만……. 어쨌든 이번 의뢰는 일이다. 필요 경비는 전부 마법 학교가 부담할 테고 여관도 준비하지."

일라이자는 정중하게 고개를 끄덕였다.

"알겠습니다. 모든 수단을 써서 페리스를 엄격하게 감시하겠습니다. 네, 어떤 수단을 써서라도……."

"적당히 해주게……."

"가장 효과적인 것은 페리스에게 목줄을 달아 완벽하게 구속하는 것입니다만."

"그러지 말아주게나. 아이들도 방학을 잘 만끽했으면 하니까. 감시된다는 것을 의식하지 않았으면 좋겠군."

교장은 만약을 위해 말해두었다. 일라이자가 매우 우수한 것은 두말할 것도 없고 신뢰할 수도 있지만 그 정도가 지나친 것이 불안

요소였다.

롯테는 둥글게 구부린 손가락을 입가에 대고 생각했다.

"음…… 그렇다는 건 학교 돈으로 휴양지 휴가를 즐길 수 있다는 건가?"

교장은 긴 턱수염을 만지작거리며 미소 지었다.

"음음, 그렇게 되겠지."

"신난다~!"

깡충 뛰는 롯테. 실제 나이는 나름 있겠지만 어린 소녀의 모습인 탓에 어린아이가 천진난만하게 기뻐하는 것처럼 보인다. 교장은 실제로 롯테를 어렸을 때부터 알고 있었기에 더욱 어린아이처럼 보였다.

"참고로 여관은 일라이자 선생과 롯테 선생이 묵을 2인실을 잡아뒀지."

"아."

롯테는 두 손을 든 자세로 굳어버렸다. 기분 나쁜 예감. 들떴던 기분이 단번에 나락으로 떨어지기 시작했다.

"모처럼 관광지에 가는 것이니 평소엔 업무로 마주하는 일이 많은 교사끼리 친목을 다지고 오면 좋을 테지."

선의로 똘똘 뭉친 따뜻한 시선을 보내는 교장.

"친목, 말씀입니까…… 익숙하지 않은 말이로군요."

적의로 똘똘 뭉친 차가운 눈빛으로 바라보는 일라이자.

"이렇게 됐으니 크게 쓰지. 식사와 교통비도 학교가 부담하겠네. 비용은 신경 쓰지 말고 둘이서 느긋이 쉬다 오게나!"

"와아……. 느긋하게, 있을 수나 있을까……."

롯테는 엄청난 불안감에 휩싸이며 곁에 선 불쾌해 보이는 동료를 바라보았다.

제11장 『첫 바다』

선명한 바다의 내음.

드넓은 하늘이 최고로 푸르렀다. 수정이 흐르는 듯한 바다가 출렁이고 황금빛 모래가 햇빛을 반사했다.

시끌벅적한 해안가에 물방울이 튀고 시원한 파도 소리가 울려 퍼졌다.

"와아~, 와아~, 와아~! 이게…… 이게 바다로군요!"

마차에서 뛰어내린 페리스는 넘어질 뻔했던 것도 신경 쓰지 않고 소리쳤다.

바다라는 단어는 알고 있었다.

교과서에서 바다라는 개념도 배웠다.

국가의 장벽이자 천연 요새. 염분을 머금은 대량의 물, 해산물의 근원.

그러나 어떤 말로 표현해도, 어떤 지도를 보아도 결코 이 파도 소리와 바닷바람, 넓이, 원대함을 알지 못했다.

페리스는 언어의 한계를 온몸으로 실감했다.

"응, 이게 바다야."

페리스의 곁에서 미소 짓는 앨리시아.

테테루와 자넷도 마차에서 내려 힘껏 기지개를 켰다. 마부석에는 호위인 다니엘라도 있었고 검에 기대듯 꾸벅꾸벅 졸고 있었다.

도중에 여관을 잡아야 할 정도로 멀지 않다지만 제법 긴 여행길.

마법 학교에 있는 트레이유를 나왔을 땐 얼굴을 내밀지 않았던 태양도 이미 남쪽 하늘로 솟아 있었다.

페리스는 앨리시아에게 열심히 물었다.

"저기, 저기, 이 바다는 어디까지 이어졌나요?!"

"사토아 대륙의 해안까지야."

"이 물은 어디에서 오나요?!"

"비가 내려 고인 거야."

"어째서 이렇게 반짝이나요?!"

"태양 빛을 반사하기 때문이야."

"어째서 팔딱팔딱 뛰나요?!"

"물고기가 있으니까."

"흐아아아아아아…… 바다…… 바다, 엄청나요오오오오오오……."

페리스는 최고로 커진 눈동자를 반짝였다. 냄새가, 빛이, 경치가 모든 것이 폭풍처럼 페리스의 작은 몸을 휘감고 눈부시게 번롱했다.

자넷은 쿡쿡 웃었다.

"페리스는 정말로 바다가 처음이로군요."

고개를 크게 끄덕인 페리스.

"네! 계속 마석 광산에 살았으니까 이렇게 물이 잔뜩 고인 걸 보는 건 처음이에요! 감동했어요!"

　광산에 있던 시절에 봤던 물웅덩이는 이것보다도 작고 탁한 오수가 파인 바닥에 고였을 뿐이었다.

　그래도 페리스의 귀중한 식수이긴 했지만 그다지 맛있지는 않았다.

　테테루가 페리스의 손을 잡았다.

　"자, 헤엄치자! 잔뜩 헤엄치자! 온 세계의 물고기가 깜짝 놀라 하늘로 도망치기 시작할 정도로 헤엄치자!"

　페리스는 테테루와 손을 잡고서 벼랑에서 물로 뛰어들려 했다. ……짐을 든 채로. 물론 옷을 입은 상태였으며 수영복을 입어야 한다는 생각은 조금도 없었다.

　"멈추세요!"

　"흐갸?!"

　자넷이 다급히 페리스의 여행 가방을 잡자 어깨끈이 페리스의 몸을 좋지 않은 느낌으로 조였다.

　"아, 미, 미안해요."

　곧바로 가방을 놓은 자넷은 대신해서 페리스의 옷을 잡았다. 놔뒀다간 다시 돌진해서 바다 저편으로 사라지지 않을까 싶을 정도로 벼랑 위에서 좀이 쑤시는 들썩이고 있었다.

　앨리시아도 페리스의 손을 잡았다.

　"페리스, 아직 헤엄치면 안 돼. 먼저 별장에 가서 짐을 두고 수영복으로 갈아입어야지. 평범한 옷으로 바다에 들어가면 물에 빠질 거야."

"어, 하지만 테테루 씨는 평범한 옷으로 바다에 들어갔는데요……?"

페리스가 가리킨 곳에는 망설임 없이 다이빙한 테테루가 화려하게 물보라를 튀기며 헤엄치는 모습이 있었다. 옷이 물을 머금어 무거울 텐데도 전혀 그런 것 같지 않은 경이적인 속도. 그녀는 반짝이는 물방울을 튀기며 빛나는 미소로 두 손을 흔들어 보였다.

"얘들아~ 빨리 와~! 기분 좋아~!"

"네~!"

"안 돼요!"

"안 돼!"

자넷과 앨리시아는 솔직하게 죽음의 손짓에 대답하는 페리스를 필사적으로 붙들었다.

여행 가방에는 여벌의 옷도 들어 있으니 그것을 들고서 물에 들어갔다간 농담으로 끝나지 않는다. 페리스는 마도사로는 최강이지만 체력은 일반적인 여자아이다.

페리스는 멍하니 앨리시아와 자넷을 올려다보았다.

"어째서 안 되나요? 테테루 씨가…….."

"저 사람하고 똑같이 행동했다간 죽을 거라고요! 언덕 위에서 숲으로 날아가도 태연하게 돌아온 사람이니까요!"

"하, 하지만 친구니까…… 같이 하고 싶어요!"

"친구라도 함께 할 수 없는 일도 있답니다!"

"친구인데도요……?"

"친구인데도요!"

그런 슬픈 표정을 하면 자넷도 곤란하다.

"되도록 빨리 갈아입고 돌아오기로 해요. 그럼 테테루 씨도 슬프지 않을 거랍니다."

"네!"

페리스는 솔직하게 고개를 끄덕였다. 절벽 위에서 물속의 테테루에게 말을 걸었다.

"테테루 씨, 죄송해요~! 잠깐 옷을 갈아입고 올게요~!"

"알았어! 난 그사이에 옆 대륙까지 헤엄치고 올게~!"

"알겠어요~!"

"모르겠다고요…….”

훈훈한 대화를 주고받는 페리스의 옆에서 자넷이 머리를 감싸 쥐었다.

잠수를 시작한 테테루를 바다에 남겨둔 페리스와 앨리시아, 그리고 자넷은 마차로 돌아갔다. 마부가 채찍을 휘두르자 마차가 바다를 낀 지면을 따라 나아가기 시작했다.

페리스는 창가에 팔을 올리고 반짝이는 수면을 바라보았다. 바다라는 미지의 존재가 눈앞에 나타난 뒤로 1초도 눈을 떼기 아까웠다.

"저기…… 지난번에 산 수영복은 엄청 얇았던 것 같은데 춥지 않을까요? 역시 테테루 씨처럼 평범한 옷으로 헤엄치는 편이…….”

페리스는 살짝 걱정되어 물었다.

"괜찮아. 트레이유와 다르게 이곳 물은 따뜻하니까."

"목욕탕인가요?"

"목욕탕 정도는 아니지만…… 그래, 여름철 냇가 정도이려나?"

앨리시아가 알려주자 자넷이 경쟁하듯 덧붙였다.

"이 바다는 근처에 화산이 있는 덕분에 1년 동안 해수욕을 즐길 수 있을 정도로 따뜻하답니다. 휴양지로도 유명해요."

창으로 보이는 바다 멀리 커다란 산이 허옇게 바랜 바위를 드러내고 있었다. 그 정상에서는 하얀 연기가 두꺼운 줄기처럼 피어나와 푸른 하늘에 하얀 구름을 이루고 있었다.

"화산이라면…… 부글부글하는 그거 말인가요? 쾅~ 하지 않나요?"

페리스는 불안해하며 먼 화구를 바라보았다. 마석 광산에서 무서운 경험을 했기에 산이 폭발하는 것에는 거부감이 있었다.

자넷은 듬직하게 말했다.

"걱정하실 필요 없답니다. 아주 옛날 훌륭한 마도사가 주변 지맥에서 마력을 끌어다 화구에 봉인 마법을 펼쳤다고 하니까요. 항상 연기가 나오지만 그 이후 본격적으로 분화가 일어난 적이 없어요."

"그렇구나…… 자넷 씨는 아는 게 많으시네요!"

페리스는 존경하는 눈빛으로 자넷을 바라보았다.

자넷은 자랑스러운 듯이 콧대를 세웠다.

"그, 그렇죠?! 그래요, 전 뭐든 알고 있답니다! 별수 없네요! 그렇게까지 말한다면 특별히 이 파름 지방에 전해지는 이야기를 전부 알려드리겠어요!"

"이야기하는 건 좋은데 이미 별장에 도착했어."

앨리시아의 말대로 마차는 훌륭한 저택 앞에 멈췄다. 긴 여행을 마친 말이 머리를 흔들고 발굽을 차올리며 커다란 콧김을 내쉬었다.

"좋아, 그럼 후딱 끝내볼까."

다니엘라가 마부석에서 내려 마부와 함께 짐을 내리기 시작했다.

"으으…… 모처럼 좋을 때였는데……."

넘치는 지식을 페리스에게 어필하려던 자넷은 풀이 죽은 채 마차에서 내렸다.

구덴베르트 가문의 혈연이 소유한 그 별장은 화려한 정원에 둘러싸여 있었다. 멋진 철책이 바깥을 지켰고 문에는 훌륭한 사자 조각이 새겨져 있었다.

건물은 3층으로 커다란 창문이 벽을 장식했다. 창에는 강철 틀이 넝쿨 모양으로 설치되어 있었다. 정상에는 다락방 창문도 있지만 그 안은 보이지 않았다.

현관의 커다란 문이 열리고 고풍스러운 하인 복장을 한 여성이 나타났다.

이 별장의 메이드장이다. 긴 흰머리를 동여맸고 뺨에는 깊은 주름이 새겨져 있었다. 상당한 연세지만 어딘가 기품이 있었고 등줄기를 곧게 편 모습이었다.

스커트 자락도 흔들리지 않고 다가와 앨리시아에게 정중히 인사했다.

"이 저택에 잘 오셨습니다, 앨리시아 님. 오랜만에 인사드립니다."

앨리시아의 눈이 커졌다.

"어머, 절 아세요? 전에 왔던 건 상당히 예전인데……."

메이드장은 기품 있게 웃었다.

"물론 알고 있다마다요. 레티시아 님의 어린 시절과 정말이지 똑 닮으셨으니까요."

"어머님하고……. 그렇게 닮았나요?"

"네. 아름다운 이목구비도, 표정도, 행동도 똑같으십니다."

"그렇……구나."

앨리시아는 미소를 떠올렸다.

'어쩐지…… 기뻐 보여요.'

페리스는 앨리시아를 올려다보고서 그렇게 생각했다. 그리고 앨리시아가 기뻐하면 페리스까지 기뻐진다. 자연스럽게 생글생글 미소가 나왔다.

"함께 오신 분들은?"

메이드장이 앨리시아의 옆으로 시선을 보냈다. 소개해주길 바라는 모양이다.

"친구인 페리스와 자넷이에요. 그리고 테테투라는 아이도 머물 건데…… 안타깝게도 여기엔 없어요. 바다로 사라졌으니까요."

"그렇게 설명하면 하바라스카 양이 물에 빠진 것처럼 들리잖아요."

그렇게 지적한 자넷을 메이드장이 빤히 바라보았다.

"자넷 님……? 혹시나 싶지만 라인츠리히 가문의……?"

"그래요. 우린 친구가 됐어요."

앨리시아는 자넷의 팔을 끌어당기며 미소 지었다.

"치, 치, 친구가 아니라, 라이벌, 이랍니다……."

자넷은 귀까지 새빨개진 채 고개를 숙였다.

구덴베르트 가문과 라인츠리히 가문의 피로 얼룩진 인연은 바스테나 왕국의 귀족에 속한 사람이라면 누구나 아는 역사다.

이 별장의 주인도 귀족이고 전부터 구덴베르트 가문과 친했으니 메이드장도 사정을 잘 알고 있다.

그런 두 가문의 따님이 몸을 밀착하고 무언가 사연이 있는 듯한 분위기가 짙게 감도는 페리스가 앨리시아의 뒤에 숨은 광경은…… 솔직히 말해 신기했다.

"지금은…… 좋은 시대로군요."

메이드장은 온화한 미소를 떠올렸다. 고귀한 분들의 일에 끼어들지 않고 조용히 지켜보며 성심성의껏 보좌한다. 메이드장은 그것이 하인의 임무이자 행복이라고 생각했다. 앨리시아 일행을 상대할 때도 마찬가지다.

"이 저택의 주인님께선 왕도에 머물고 계시지만 자신의 집이라고 생각하시고 편히 쉬시라고 합니다. 그럼 여러분의 방으로 안내하겠습니다."

페리스 일행은 앞장서서 걷는 메이드장을 따라 우아한 문 안으로 들어갔다. 선명한 꽃향기가 가득한 정원을 사이를 간단한 손가방만 들고서 걸었다.

저택의 홀에 들어가니 나무 향이 페리스의 폐를 채웠다. 차가운 공기. 강한 햇살로부터 보호를 받는 실내에 메이드장과 소녀들의 발소리가 울렸다.

계단을 올라 2층에 도착하자 메이드장이 통로 옆의 문을 손바닥으로 가리켰다.

"이쪽이 앨리시아 님의 방입니다. 그 옆부터 안쪽으로 각각 자넷 님, 페리스 님, 테테루 님의 방으로 사용해주십시오."

"흐에……?"

페리스가 작은 목소리를 냈다.

"무슨 일이십니까?"

"아, 아무것도 아니에요……."

메이드장이 묻자 페리스는 다급히 고개를 저었다. 앨리시아와 다른 방을 쓰는 건 불안하지만 신세 지는 입장에 불평할 수도 없다.

그 마음을 깨달은 앨리시아가 쿡쿡 웃었다.

고개를 살짝 끄덕이고서 메이드장에게 말했다.

"페리스는 나하고 같은 방으로 해주시겠어요? 침대는 하나면 돼요."

"앨리시아 님 말씀이니 그렇게 준비하겠습니다만…… 침대가 더 필요하지 않으십니까?"

"네. 마법 학교 기숙사에서도 둘이서 자거든요. 전 페리스의 엄마예요."

"흐에에에?!"

"어머나……."

깜짝 놀란 페리스, 입가를 손으로 가린 메이드장.

"그게 아니잖아요!"

황당한 말을 꺼낸 앨리시아에게 자넷이 끼어들었다.

"구, 굳이 말하자면 페리스의 어머니는 저라고요!"

"어머나…… 어머니가 두 분이나 계시는군요."

메이드장은 뺨에 가득 주름을 새기며 웃었다.

"자, 잘 모르겠는데요……."

페리스는 당황했다. 어쩐지 사랑받고 있다는 것을 알 수 있었고, 그것은 무척이나 고마운 일이라는 것을 알고 있으면서도.

결국 페리스와 앨리시아는 같은 방을 쓰게 됐고 그 옆을 자넷, 테테루 순으로 쓰기로 정하고서 소녀들은 자신의 방으로 들어갔다.

샹들리에가 달린 천장, 말끔한 옷장이 달린 벽.

페리스는 1인용이라지만 둘이서 쓰기에도 충분한 크기의 침대 위로 열심히 올라갔다.

털썩 드러누우니 튼튼한 스프링이 몸을 받쳐주고 청결한 시트의 향기가 코를 간질였다.

"흐아아아아……."

숨을 길게 내쉬었다. 오랫동안 마차를 타고 와 뭉쳤던 온몸이 풀렸다. 동시에 미지의 세계를 향한 기대와 활력이 솟아났다.

앨리시아는 한동안 침대 옆에 앉아 쉬었다가, 이내 자리에서 일어나 짐을 정리하기 시작했다.

자신만 쉬는 건 미안하니 페리스도 짐을 풀고 안에서 수영복을 꺼냈다.

매끈한 감촉에 광택을 띤 천. 평범한 옷과는 천의 면적도 디자인도 다르다. 페리스는 이런 옷은 처음이었다.

　트레이유의 상점가에서 산 뒤로 바다에 올 때까지 계속 두근거려서 몇 번이고 기숙사에서 입어보고는 했다. 그럴 때마다 추워서 재채기가 나오는 바람에 앨리시아에게 걱정을 끼치기도 했다.

　하지만 드디어 때가 됐다.

　이렇게나 기온이 높으면 분명 감기에 걸리지 않을 것이다.

　페리스는 살짝 땀에 젖은 블라우스를 벗고서 앨리시아와 둘이서 수영복으로 갈아입었다. 처음엔 익숙하지 않아 고군분투했던 의상도 예행연습을 반복한 덕분에 어떻게든 입을 수 있게 됐다.

　"준비됐어요!"

　당당하게 가슴을 내민 페리스를 앨리시아가 관찰했다.

　"음…… 리본만 다시 묶어줄게."

　"고, 고맙습니다……."

　앨리시아가 리본을 정성스럽게 묶어주었다. 어쩐지 부끄럽기도 했지만 기뻤다. 페리스는 간지러움을 참으며 끝나기를 기다렸다.

　"이제 됐다. 만약 벗겨지면 큰일이니까 단단히 묶어뒀어."

　"응……? 어째서 벗겨지면 큰일인가요?"

　"응……? 부끄럽잖니."

　"어째서 부끄러운가요?"

　"다른 사람에게 보이게 되니까."

　"어째서 보이면 부끄러운 건가요?"

　"…………?"

　"…………?"

페리스와 앨리시아는 둘이서 고개를 갸웃했다.

아직 숙녀가 지녀야 할 수치심을 모르는 페리스와 순수한 귀족 아가씨인 앨리시아. 서로의 의사가 잘 통하지 않는 분위기가 감돌았다. 그러나 이 일을 페리스가 제대로 이해하지 않으면 앞으로 난처한 일이 생길 것이다.

어떻게 설명해야 좋을지 앨리시아가 생각에 잠기며 검지를 입술 위에 얹었다.

"음…… 저기 말이지? 알몸을 남에게 보이면 안 돼. 그건 알겠니?"

"항상 앨리시아 씨하고 같이 목욕하는데요?"

페리스는 어리둥절했다.

"나한텐 보여도 괜찮아."

앨리시아가 웃었다. 두 사람은 수영복 위에 시폰 카디건을 걸쳤다. 해안까지 조금 거리가 있으니 수영복만으로는 오갈 때 추울지도 모른다.

"롯테 선생님한테는 안 되나요?"

"문제없어."

"테테루 씨는요?"

"괜찮아."

"그럼, 음, 자넷 씨에겐 알몸을 보여도 괜찮나요?"

"물론이지. 마음껏 보여줘도 상관없어."

"알겠어요! 자넷 씨에게 알몸을 보여드릴게요!"

주먹을 쥐고서 최선을 다하기로 한 페리스.

"당신들 지금 무슨 얘기를 하는 건가요?!"

복도에서 들어온 자넷이 다급히 외쳤다. 이미 옷을 갈아입고서 페리스 일행과 마찬가지로 위에 시폰 카디건을 걸치고 있었다.

"잠깐 페리스와 상식을 공부하고 있었어. 그렇지? 페리스."

"네! 상식 공부예요! 알몸을 보여도 되는 건 앨리시아 씨하고 롯테 선생님하고 테테루 씨하고 자넷 씨뿐이에요! 이제 잘 알겠어요!"

"정말로 아는 건가요……."

자넷은 끝을 알 수 없는 불안감이 들었다.

'역시 이 아이는 제가 지켜주지 않으면 안 되겠어요! 위태로워서 보고만 있을 수 없다고요!'

그렇게 남몰래 분발하기도 했다. 페리스는 상당히 곤란하고 필사적인 인생을 보낸 야생아니 문명사회에 순응하기까지 주위의 도움이 필요하다.

"슬슬 가볼까요. 테테루 씨를 계속 내버려 두는 것도 불쌍하니까요."

"쓸쓸해서 울고 있지는 않을까요?"

"울지는 않을 거예요."

세 사람은 간단한 소지품만을 넣어둔 가방을 들고서 방에서 나갔다. 평범한 옷으로 바다에 뛰어든 테테루를 위해 앨리시아가 수영복을 가져갔다.

"준비된 모양이네."

복도에서 호위인 다니엘라가 기다리고 있었다. 이렇게 더운데도 수영복으로 갈아입지 않고 평소처럼 무거운 갑옷을 입고 있었다.

"다니엘라는 헤엄치지 않아요?"

앨리시아가 물으니 다니엘라가 웃으며 어깨를 으쓱였다.

"난 어디까지나 따라왔을 뿐이니까. 아씨들에게 나쁜 벌레가 들러붙지 않도록 조금 떨어진 곳에서 눈에 불을 켜고 있을게."

"그런가요……. 잘 부탁해요."

"그래. 아씨들은 날 신경 쓰지 말고 마음껏 즐겨."

다니엘라도 합류해 현관 쪽으로 갔다.

페리스는 앨리시아와 자넷의 뒤를 따라 총총 복도를 걸었다.

그때 햇빛이 드는 창가, 그 살짝 그늘진 곳에 멍하니 선 소녀의 모습이 보였다. 챙이 넓은 모자에 청순한 원피스, 하얀 피부, 바다처럼 푸른 눈동자. 공기 중의 입자가 다이아몬드처럼 반짝여 소녀의 주변을 맴돌았다. 어스름하게 떠오른 얼굴은 마치 한 폭의 그림에서 튀어나온 것만 같이 아름다웠다.

"예쁘다……."

페리스는 자신도 모르게 넋을 놓고 바라보고 말았다.

"왜 그러니? 페리스."

앨리시아가 멈춰서 돌아보았다.

"엄청 예쁜 아이가 있어요……."

"누구?"

"저 아이요. 저기 창문 옆에……."

페리스가 가리켰다. 그러나 이미 소녀의 모습은 없었다. 창문도 닫혀 있는데 순백의 커튼이 살며시 흔들렸다.

"아무도 없는데요?"

자넷이 의아한 표정을 했다.

"어라……? 아까지 저기 있었는데요……. 앨리시아 씨하고 비슷한 나이의 아이였어요! 귀족 아가씨 같은 느낌이었어요!"

페리스는 열심히 보고했다.

"이 저택엔 우리 이외에 손님이 없을 텐데……."

"그런……가요? 기분 탓이었을까요……?"

확실히 방금 소녀의 모습은 너무나도 현실미가 없었다.

어쩌면 더위로 머리가 멍해졌는지도 모른다. 그래서 있지도 않은 것이 보인 것이다. 그런 것보다 바다가 무척이나 기대됐던 페리스는 깊게 생각하지 않고 푸른 하늘 아래로 달려 나갔다.

소녀들은 수영복을 입고서 모래사장에 섰다.

사랑스러운 페리스에 누구나 부러워하는 명문가 따님 앨리시아와 자넷. 옷을 입은 채로 헤엄치던 테테루도 앨리시아에게 붙잡혀 수영복으로 갈아입었다.

그런 네 소녀의 모습은 마치 천사가 하계로 강림한 것만 같았다. 해안가 사람들의 시선은 좋든 싫든 소녀들에게 집중됐다.

테테루의 수영복은 스포티한 브라와 숏 팬츠 세트였다. 하의는 허리에 천을 둘러 이국적인 정서가 넘치는 분위기. 단단한 몸은 아름답게 다부졌고 햇볕에 그을린 피부에 새겨진 문양이 건강하고도 요염한 분위기를 자아냈다.

페리스가 입은 것은 여자아이에게 잘 어울리는 프릴이 달린 짧은 비키니. 커다란 프릴이 몇 층으로 겹쳐져 작은 몸을 평소보다 더 인형처럼 꾸며주었다. 페리스는 뜨거운 모래 위로 발바닥을 내디디며 앨리시아와 자넷을 올려다보았다.

앨리시아의 수영복은 청초한 분위기의 원피스 타입. 우아한 프릴이 달려 무척이나 해변의 아가씨 같은 모습이었다.

한편 자넷이 입은 것은 대범한 비키니. 발군의 맵시를 아끼지 않고 드러내 새하얀 피부가 햇빛에 반짝였다.

그런 연장자 두 사람을 본 페리스는 어째서인지 조금 가슴이 두근거렸다. 두 손을 맞잡고 감탄했다.

"앨리시아 씨도 자넷 씨도 어어어어엄청 어른스러워요!"

"응, 응! 전혀 열두 살로는 보이지 않아!"

테테루도 동의했다.

"그렇다고 아흔다섯 살은 아니야."

앨리시아는 만약을 위해 일러두었다. 어른스럽다는 평가를 받는 것은 나쁘지 않지만 아흔다섯 살은 지나치게 어른이다. 자넷은 부끄러운 듯이 뺨을 긁었다.

"뭐, 이래 봬도 피부 관리에 신경 쓰고 있으니까요. 오늘을 대비해 최고의 수영복을 골랐고요. 조금이지만 신경 좀 써봤답니다."

조금, 이라는 말은 과소 표현이다. 자넷은 바다에 올 때까지 며칠 동안 페리스와의 휴가를 만끽하기 위해 불철주야로 계획을 짰을 정도였다.

"정말 예쁘고 멋져요! 동경해요!"

페리스는 온몸에서 칭찬 아우라를 쏟아냈다. 그런 찬사를 받으면 동요하는 것이 바로 자넷 라인츠리히.

"동경……?! 페리스가, 절 동경?! 그그그그건 그러니까 페리스가 저희 집에서 함께 산다는 뜻이로군요?!"

"뭐가 어떻게 되면 그렇게 되는 거야……?"

황당한 표정의 앨리시아. 자넷은 전부터 알고 지냈고 폭주하는 것도 익숙해졌지만, 최근 자넷의 엉뚱한 행동은 보통 수준을 뛰어넘었다.

페리스는 살짝 한숨을 쉬고서 자신의 어린 몸을 내려다보았다.

"전 글렀어요……. 어떻게 하면 그렇게 어른스럽게 될 수 있을까요?"

"역시 생선을 잔뜩 먹는 거려나?"

테테루가 말하자 페리스가 기합을 넣었다.

"생선이요……? 열심히 할게요!"

"그리고 머리카락을 잔뜩 먹으면 커진다고 할머니가 말했어!"

"머리카락이요…… 열심히 할게요!"

"할머님 괜찮으신 건가요?!"

자넷은 끼어들지 않을 수 없었다. 앨리시아는 페리스에게 먹히기라도 할까 자신의 긴 머리카락을 살짝 감췄다. 테테루는 낭랑하게 웃었다.

"괜찮아~ 가끔 자신의 머리카락을 우물우물 먹었으니까 믿을 수 있어!"

"정말로 믿을 수 있는 건가요?!"

자넷은 걱정스러워 참을 수 없었다.

"애초에 페리스는 어른스러워질 필요가 없어요. 그러는 편이 제

일이에요 오히려 영원히 이대로 있는 편이 최고랍니다!"

"그, 그럴까요……?"

자넷이 묘하게 열심히 주장하자 페리스는 고개를 갸웃했다.

앨리시아는 입가에 손가락을 얹고서 살짝 웃었다.

"영원히 이대로가 좋은지는 모르겠지만, 페리스의 수영복 차림이 제일 귀여워. 꼭 안고서 납치하고 싶을 정도로."

"흐와아아아……."

그런 말을 들으면 페리스도 부끄러워진다. 남에게 칭찬받는 것은 좋지만 칭찬받는 일에 익숙하지 않다. 뺨에 열기를 느끼며 꾸물꾸물 몸을 움츠렸다.

자넷은 귀를 새빨갛게 물들이고서 중얼거렸다.

"저, 저도 세계에서 제일 귀여운 건, 페, 페, 페……."

"재채기가 나올 것 같으세요?"

페리스가 멍하니 물었다.

"아니에요!"

"참으면 안 돼요. 귀를 막고 기다릴게요!"

손바닥을 귀로 가져가 움찔움찔 대기하는 페리스.

"재채기를 해도 그렇게 크게 하지 않아요! 라인츠리히 일족은 재채기도 우아하니까요!"

"귀족 아가씨는 참 굉장하네!"

"들어보고 싶어요! 지금 당장 들어보고 싶어요!"

"갑자기 그런 말을 해도 곤란해요. 다음에 재채기할 땐 반드시 페리스에게 들려드릴 테니까요……."

지금 자신이 대체 무슨 약속을 하는 건가 싶어 끙끙 앓기 시작한 자넷.

그러나 기대에 차 눈을 반짝이는 페리스를 보면 반드시 그 기대에 보답해야 한다는 생각이 든다. 오늘 밤부터 언제든지 재채기를 할 수 있도록 특훈을 시작해야 한다.

테테루가 손가락을 물며 자넷을 올려다보았다.

"그보다 자넷은 가슴도 크지. 잠깐 만져도 돼?"

"네?! 무슨 말씀이신가요?!"

자넷은 깜짝 놀랐다. 명문 라인츠리히에서 태어나 지금까지 이런 불순한 부탁을 받은 기억이 없다. 자신도 모르게 반걸음 뒤로 물러났다.

"아, 저도 만져보고 싶어요! 어쩐지 엄마 같은 느낌이 들어요!"

"페리스까지 무슨 말을?! 당연히 안 돼요!"

"절대…… 안 되나요?"

페리스는 슬픈 눈동자로 자넷을 바라보았다. 자넷은 멈칫했다.

"어, 저, 절대, 인 것은…… 아니지만……. 이, 이렇게, 사람이 많은 곳에서는……."

"그럼 사람이 없는 곳이라면 괜찮은 거죠?!"

페리스는 반짝반짝 눈을 빛냈다. 그것은 순수한 선망의 눈빛. 불순한 생각은 조금도 없고 어쨌든 자넷의 가슴을 만져보고 싶은 것이다.

"사, 사람이 없어도, 조금…… 부끄러, 워요……."

자넷은 쫄래쫄래 다가온 페리스에게서 물러났다. 자신의 몸을 껴안듯 감싸며 새빨개진 얼굴로 수치심에 몸을 떨었다.

"제 것도 만져도 괜찮아요!"

"그런 말을 가볍게 하면 안 돼요!"

"저기, 저기, 자넷 씨, 저기, 저기."

"아……으…….."

이제는 쩔쩔매게 된 자넷. 페리스의 부탁이라면 무엇이든 들어주고 싶지만 역시나 부끄러움의 한계라는 것이 있다.

그런 자넷을 즐거워하며 바라보던 앨리시아는 슬슬 불쌍해져서 도와주기로 했다. 페리스의 뒤로 다가가 어깨에 손을 얹었다.

"그쯤 해두자. 자넷하고는 언제든 만날 수 있지만 너무 여유 부렸다간 바다가 도망칠 거야."

페리스가 껑충 뛰었다.

"바다가 도망치나요?! 빨리 붙잡아야겠어요!"

"그럴 리 없잖아요!"

"괜찮아, 자넷."

앨리시아가 윙크하자 자넷은 앨리시아의 의도를 깨달았다. 멋쩍어져 시선을 돌리고서는 가볍게 한숨을 쉬었다.

"가자, 가자~! 바다를 향해 돌진~!"

"돌진할게요~!"

"자, 잠시 기다리세요!"

"너무 서두르다간 넘어진다!"

테테루가 페리스의 손을 잡고서 달리고, 자넷과 앨리시아가 그 뒤를 따르듯 달렸다. 눈부신 소녀들의 행군에 해변에 있는 사람들은 자연스럽게 길을 비켰다.

페리스는 모래를 위를 달리며 그 맨발에 기분 좋은 감촉을 느끼고서 작은 몸으로 한껏 햇빛을 받아들였다.

물소리, 떠들썩한 목소리. 사람들 너머로 푸르른 바다가 기다린다. 온몸이 따끈따끈해서 두근거림이 멈추지 않는다. 페리스는 물결치는 곳으로 단번에 뛰어들었다.

"와~! 차가워서 기분 좋아요!"

맨발을 감싸는 바닷물의 감촉에 환호했다.

목욕탕이나 물웅덩이와도 다르다. 차가운데도 지나치게 차지 않은 산뜻한 감촉. 반쯤 모래에 파고든 발은 반짝이는 수면 너머로 신기한 커브를 그렸다.

페리스는 계속 이대로 서 있기만 해도 충분히 행복했지만 그래선 안 된다는 것은 알고 있다. 모처럼 처음 바다에 왔으니 확실히 바다를 즐기지 않으면 아까운 것은 물론 여기까지 데려와 준 사람들에게 미안해진다.

그러나 구체적으로 무엇을 해야 좋을지 알 수 없었다. 할 수 있는 일이 잔뜩 있을 것 같지만 모든 것이 처음이라 감이 잡히지 않았다.

페리스는 해변과 밀려드는 파도를 바라보았다. 참고하기 위해 수영복을 입은 사람들을 관찰했다.

"저기…… 바닷속에 누워서 앞으로 나가는 사람들은 뭘 하는 건가요?"

고개를 갸웃한 페리스.

"바닷속에 눕는다……? 무슨 말인가요?"

고개를 갸웃한 자넷.

앨리시아는 페리스의 시선이 자유형으로 헤엄치는 여성에게 향한 것을 확인했다.

"그렇구나…… 헤엄치는 사람을 본 것도 처음이구나."

"저게 『헤엄』이라는 건가요?! 엄청나게 멋져요! 어쩐지 바다를 나는 것 같아요! 저도 해보고 싶어요!"

"잠깐만요, 페리스! 그렇게 갑자기!"

자넷이 다급히 말리려 했지만 이미 늦었다.

"와~!"

페리스는 망설이지 않고 바다로 뛰어들었다. 수영에 대해 전혀 모르니 기본적으로 아래를 보고 헤엄친다는 것도 몰라 옆으로 바다에 『드러누웠다』.

그 결과, 물에 빠질 뿐.

페리스의 작은 몸이 수면에서 사라지더니 드문드문 거품만이 올라왔다.

"어라……? 아까까지 저기에 여자아이가 있지 않았어?"

"은발 아이가 있었지……?"

"어디로 간 걸까……?"

술렁이는 주변 사람들.

"페리이이이이이이이이이스!"

힘찬 비명을 지른 자넷.

"지금 갈게!"

테테루가 곧장 바다에 뛰어들었다.

물이 얕았던 점과 테테루가 바로 끌어올린 덕분에 큰일이 벌어지지 않았지만 페리스가 심하게 기침했다.

"콜록, 콜록! 으으으으, 짜요! 바다는 물이라고 생각했는데 그게 아니었어요! 이거, 콩소메 수프예요! 바다는 콩소메 수프예요!"

"콩소메 수프는 아닐 것 같은데…… 괜찮니?"

앨리시아가 조심스럽게 페리스의 등을 쓰다듬었다.

"괜찮아요! 깜짝 놀랐지만요! 바다는 맛이 있네요! 엄청난 발견이에요! 삶은 달걀에 찍어 먹으면 맛있을 것 같아요!"

반짝반짝 눈을 빛내며 의외로 기운차게 대답한 페리스.

눈과 코는 아프지만 이 정도 사고에 풀이 죽을 수는 없다. 누가 뭐래도 오늘은 바다. 계속 기대해왔고 꿈속에서 몇 번이고 예행연습을 했던 대망의 바다니까.

자넷이 긴장된 목소리로 말을 꺼냈다.

"저, 저기, 페리스. 괜찮으시다면…… 제가 헤엄치는 방법을 알려드릴까요?"

"흐에?"

페리스는 동그란 눈을 깜박였다.

"처음부터 스스로 하는 것보다 남에게 배우는 편이 빠르니까요. 시, 싫다면 됐지만요!"

"부탁드려요, 자넷 선생님!"

"서, 선생님? 제가, 선생님……?"

자넷은 귀를 의심했다.

"네! 무슨 말이든 잘 들을 테니까 많이 알려주세요, 자넷 선생님!"

페리스는 평평한 가슴 앞에 주먹을 쥐고서 천진난만한 미소로 자넷을 올려다보았다.

하얀 피부에 빛나는 물방울, 젖은 머리카락, 그리고 사랑스러운 프릴에 둘러싸인 얌전한 몸은 정말이지 바다의 천사 그 자체. 자넷의 마음은 철저하게 파괴됐다.

"저…… 장래의 꿈을 바꿔야겠네요……. 장래에 교사가 될 거랍니다……."

"갑자기 왜 그래?!"

자넷이 멍하니 중얼거리자 앨리시아가 걱정했다.

자넷은 몸을 떨었다. 이렇게까지 페리스가 자신을 믿어준 이상 부끄러운 모습을 보일 수 없다. 페리스에게 수영을 완벽히 알려주어 적어도 대륙 제일이 될 정도로 단련시키지 않는다면 라인츠리히 일족의 명예에 흠집이 갈 것이다.

"그럼 가죠, 페리스! 먼저 제 손을 잡으세요!"

"네!"

자넷이 내민 두 손을 페리스가 잡았다.

'페, 페리스의 작은 손이! 아기처럼 작은 손이! 제 손을! 꼭 붙잡고 있어요!'

자넷의 의식은 페리스의 손바닥 감촉으로 가득해졌다. 이대로 둘이서 세계 끝까지 도망치고 싶을 정도로 행복했지만 주어진 책임을 방치할 수는 없다.

자넷은 마음을 단단히 먹고 되도록 페리스의 손을 의식하지 않도록 노력했다.

"이, 이 상태로 바다에 엎드리세요. 제가 손을 잡고 있으니 빠질 걱정 없답니다. 중요한 것은 물을 믿고 몸을 맡길 것. 처음엔 무섭겠지만 물에는 떠오르는 힘이 있으니까요⋯⋯."

"네!"

페리스는 주저하지 않고 바다에 엎드렸다. 괜한 힘이 들어가지 않으니 몸이 제대로 물에 떴다.

"굉장해요! 둥실둥실해요! 하늘에 뜬 것 같아요! 이거 기분 좋아요!"

처음 맛보는 경험에 감동한 페리스. 물 위에 뜨는 것은 나뭇잎이나 꽃잎처럼 정말로 가벼운 것뿐이라고 생각했다 보니 자신이 뜬다는 사실이 신기해서 참을 수 없었다.

"무섭지 않나요?! 방금 막 물에 빠졌으면서."

"괜찮아요! 자넷 씨가 손을 잡아주면 아무것도 무섭지 않아요! 전 자넷 씨를 믿으니까요!"

"윽⋯⋯!"

눈부신 페리스의 눈동자, 그 순수한 모습에 자넷은 현기증이 났다. 차라리 페리스를 조용한 곳으로 납치해 무릎베개 등을 해주고 싶지만 그럴 수는 없다. 아직 그래선 안 된다. 지금은 안 된다.

"그, 그럼⋯⋯ 다음은 물장구를 쳐볼까요."

"물장구⋯⋯?"

페리스는 눈을 끔벅였다. 자넷은 고개를 끄덕였다.

"네. 그렇게 물에 뜬 채로 두 다리를 번갈아 첨벙첨벙 흔드는 거예요. 힘이 붙으면 앞으로 나아갈 수 있답니다."

"이, 이렇게요……?"

페리스는 그녀의 말대로 작은 다리를 버둥버둥 움직였다. 부드러운 순백의 발바닥이 수면에 잠겼다 나타나기를 반복했다. 물방울을 튀기며 해면에 거품이 일었다.

"응, 응. 잘했어요. 바로 그거예요."

자넷은 페리스의 손을 당기며 뒤로 물러났다.

"와~! 해냈어요! 저 헤엄치게 됐어요! 헤엄치고 있어요!"

물장구 정도로 크게 기뻐하는(게다가 나아가는 것도 주로 자넷이 당겨주기 때문) 페리스를 본 자넷은 가슴이 찡 울리는 것만 같았다. 엄청난 파괴력을 가진 공격들에 자넷의 정신력은 이미 제로였다.

"흐흠, 아직이랍니다! 다음엔 손을 움직이는 연습을 하겠어요! 잠깐 거기 서서 제가 하는 걸 잘 보세요! 제가 화려한 자유형을 보여드리겠어요!"

의기양양하게 두 손을 머리 위에 모으고서 물속으로 뛰어들었다. 물보라가 크게 일며 곡선이 아름다운 육체가 바다로 들어갔다.

자넷은 페리스에게 좋은 모습을 보여주려고 필사적인 탓에 깜빡했다.

자신이 맥주병이라는 사실을.

"자넷 씨?! 자넷 씨이이이이이이이?!"

자넷은 페리스의 비명을 들으며 수면 너머의 태양이 아름답다고 생각했다.

"어휴…… 그렇게 자신만만하게 물에 빠지러 가는 사람은 처음 봤어."

"으으…… 말하지 마세요……."

자넷은 모래사장에서 앨리시아의 무릎베개를 하고 뻗어 있었다.

'어째서…… 제가 라이벌의 무릎베개를 하고 있어야 하는 건가요……. 오히려 제가 페리스에게 무릎베개를 해주고 싶었는데…….'

그렇게 내심 아쉬워했지만 앨리시아가 간호해주는 것이니 투덜거릴 수는 없었다.

그리고 정말이지 분해서 절대로 인정하고 싶지 않지만 앨리시아의 무릎에 머리를 올리는 건…… 딱히 싫지 않았다. 부드러운 허벅지 감촉에 이상하게 마음이 진정된다고나 할까, 물에 빠졌을 때의 불안이 누그러지는 느낌이었다.

"예전의 너라면 그런 바보 같은 행동을 하지 않았을 텐데. 자넷도 참, 어지간히 페리스를 좋아하는구나."

"당연하잖아요! 어어어어엄청 좋아해요! 불만 있나요?!"

"불만이 있을 리가. 나도 페리스를 무척 좋아하니까."

미소 짓는 앨리시아. 마치 공범자와 같은 그 미소를 보니 자넷은 멋쩍어져서 서둘러 시선을 돌렸다.

깊지 않은 물가에서는 페리스가 테테루와 함께 떠들썩하게 장난치고 있었다.

물을 차면서 달리거나 너무 속도를 내서 넘어지거나. 곧장 일어나 다시 달려가거나. 가볍게 뛰어들어 물장구를 치거나.

"페리스, 이제 상당히 헤엄을 잘 치게 됐네. 여전히 배우는 게 빨라."

"가르쳐준 게…… 저니까요……."

조금 미묘한 기분이 든, 아직 맥주병인 자넷. 그러나 페리스가 즐겁다면 그것이 제일이다.

얼마 후 페리스와 테테루가 자넷이 있는 쪽으로 달려왔다. 두 사람 모두 흥분했는지 볼이 상기됐고 피부를 흐르는 물방울이 반짝였다.

"하아아아아아아~ 즐거워요~!"

페리스는 온몸에서 만족감을 드러냈다. 발이 젖어 모래가 붙었지만 전혀 신경 쓰지 않았다. 누가 뭐래도 처음 본 바다를 한껏 만끽하고 있다.

"놀다 보니 배고파졌어! 뭐 사러 안 갈래?"

테테루가 흥분된 모습으로 매점을 보았다.

통나무를 이용해 만든, 멋진 카페와 같은 건물. 나무를 잘라 만든 판자에 메뉴를 새겨 가게 앞에 놓아둔 듯하다. 가게 안은 많은 손님으로 떠들썩했다.

"좋네. 기숙사를 나온 뒤로 아무것도 먹지 않았으니 슬슬 점심을 먹자."

"와~! 밥이에요~!"

페리스는 매점으로 가는 모두의 뒤를 따랐다. 바다에 푹 빠져 깨닫지 못했지만 듣고 보니 갑자기 배가 고파졌다. 파스타를 삶는 냄새가 풍겨와 배와 등이 붙을 것만 같았다.

매점 주변에는 하얀 테이블과 의자가 잔뜩 놓여 있었다. 그 옆을 지나 주문 카운터로 다가가던 테테루가 갑자기 우뚝 멈춰 섰다.

"응……?"

의아한 듯이 주변을 둘러보고서 코를 세워 킁킁 냄새를 맡았다.

"왜 그래?"

앨리시아가 물으니 테테루는 미간을 찌푸렸다.

"어쩐지…… 익숙한 냄새가 났어…… 뭐였더라……."

"스파게티인가요?"

페리스는 고개를 갸웃했다.

"으음, 스파게티는 아닌 것 같아."

"마카로니인가요?"

"마카로니도 아닌 것 같은데."

앨리시아가 살짝 웃었다.

"페리스는 어지간히 배가 고픈 모양이구나."

"꼬르륵해요!"

기운 넘치는 대답이었다. 페리스는 누가 뭐래도 매점이, 구체적으로는 그 안쪽 주방이 신경 쓰여 참을 수 없었고 아까부터 배가 꼬르륵꼬르륵 난동을 부려 참을 수 없었다.

테테루는 열심히 좌석들을 냄새 맡았다.

"이 냄새는…… 어디서……? ……여기다!"

"꺅!"

테이블에서 샌드위치를 먹던 소녀가 갑자기 달려든 테테루와 부딪쳐 비명을 질렀다. 두 사람은 의자에서 굴러떨어져 나무로 된

바닥에 쓰러졌다.

"테테루?!"

"뭐 하는 건가요?!"

앨리시아와 자넷이 깜짝 놀랐다.

모자를 눌러 쓴 소녀에게 테테루가 달라붙어 온몸의 냄새를 킁 킁 맡았다.

"이거야, 이거! 이 냄새! 엄청나게 맡았던 적이 있어!"

"잠깐, 그, 그만, 테테루! 간지러워! 냐하하!"

소녀는 웃으며 도망치려고 발버둥 쳤지만 테테루의 완력을 당해 낼 리 없었다. 날뛰는 소녀의 머리에서 모자가 떨어졌다.

"아……."

멍하니 목소리를 낸 페리스 일행.

모자 아래로 드러난 얼굴은…… 롯테 선생님이었다. 하얀 원피 스를 입고서 나쁜 짓을 하다 들킨 어린아이 같은 표정이었다.

"롯테 선생님! 여기서 뭐 해요?"

테테루는 롯테 선생님 위에서 일어났다.

롯테 선생님은 자리에서 일어나 옷에 묻은 모래를 털어내고서 한숨을 쉬었다.

"에휴, 테테루는 못 당하겠네. 얼굴을 숨겨도 냄새로 들키니까. 야생 퓨마 같다고."

"어째서 얼굴을 숨기셨나요?"

"뭐…… 다른 선생님이 학교에서 열심히 일할 때 바다에서 노는 건 좀 그렇잖아? 좋지 않잖아?"

"그건 그러네요. 교사 실격이에요."

"그렇게까지 말할 것 없잖아!"

자넷은 전혀 악의가 없었지만 롯테 선생님은 살짝 눈물을 글썽였다. 페리스는 생각지도 못하게 좋아하는 선생님을 만나 생글생글 웃었다.

"……그렇구나."

반면 앨리시아는 롯테 선생님의 목적을 깨달았다.

아마 휴가 사이에 페리스의 모습을 지켜보려고 관광을 가장해 바다로 왔을 것이다. 그러나 그것을 솔직하게 말하면 앨리시아 일행이 괜한 신경을 쓸 테니 말하지 않았을 것이다. 그런 것을 순식간에 이해했지만 롯테 선생님의 배려를 허사로 돌리고 싶지 않아 말하지 않기로 했다.

"그렇구나라니요, 뭐가 말인가요?"

"후후, 아무것도 아니야. 신경 쓰지 마."

"그렇게 의미심장하게 웃으면 신경 쓰이잖아요! 자백하세요!"

"글쎄, 뭘까?"

"ㅇㅇㅇㅇㅇ……."

자넷은 발을 동동 굴렀다.

그런 자넷의 모습을 보는 것도 싫지 않은 앨리시아. 이 자칭 라이벌은 화를 내면 낼수록 귀여워서 더 놀려주고 싶다.

테테루가 롯테 선생님에게 물었다.

"선생님은 혼자 왔어요? 친구는?"

"음…… 혼자는…… 아니야. 자, 여기에…….."

"어."

소녀들이 롯테 선생님을 따라가니.

얼어붙을 것만 같은 표정을 한 일라이자 선생님이 마실 것이 담긴 잔을 들고 서 있었다. 단련된 몸에 검은 브라와 팬츠를 입고서 페리스 일행을 노려보고 있었다.

"죄, 죄송해요오오오오!"

페리스는 바르르 떨며 도망치려 했다.

"도망치지 마시죠."

일라이자 선생님은 곧바로 페리스이 목덜미를 붙들었다.

페리스가 꺅꺅 비명을 지르며 허공에서 발버둥 쳤고, 어떻게든 페리스를 도와주려고 소녀들이 펄쩍 뛰었다. 그때 롯테 선생님이 끼어들었다.

"내려줘! 어째서 붙잡는 거야?!"

"아…… 그만 반사적으로……."

일라이자 선생님은 페리스를 내려주었다. 페리스가 안도하는 것도 잠시, 일라이자 선생님의 엄격한 얼굴이 단번에 바싹 다가왔다.

"애초에 어째서 사과하면서 도망친 겁니까?"

"바, 반사적으로……."

양쪽 모두 반사적이었다. 학교생활에서 정착된 관계성, 사냥하는 짐승과 사냥감, 두 사람의 행동 패턴이 관광지에 와서까지 나타난 것이다.

그러나 일라이자 선생님은 그 정도의 변명으로는 이해해주지 않는다.

"정말입니까? 사실은 뭔가 떳떳하지 못한 일이 있어서 도망친 게 아닌가요? 제 눈은 속일 수 없습니다."

"소, 속이지 않았어요오……."

페리스는 떨었다. 일단 무서웠다. 행복이 가득했던 바다가 어느새 마왕이 강림한 아비규환의 전장이 된 것만 같았다.

롯테 선생님이 일라이자 선생님의 팔을 당겼다.

"겁주면 안 돼! 여긴 학교가 아니니까 참아!"

"설령 학교 안이든 밖이든 그녀는 제 학생…… 잘못된 길에 들어선다면 고쳐주는 것이 교사의 책임입니다."

"머, 멋지다?!"

테테루는 눈을 깜박였다. 교사로서는 잘못되지 않았지만 페리스가 겁내는 모습이 불쌍해진 앨리시아는 자신의 등 뒤로 페리스를 숨겼다.

"페리스는 나쁜 짓을 하지 않았어요. 걱정하시지 않아도 제가 있으니까 선생님들도 바다를 즐겨주세요. ……지금은."

교사들의 진의를 깨닫고 여차하면 부탁할지도 모른다는 의미를 담아서.

"……흥. 여전히 이상하게 감이 좋군요."

일라이사 선생님은 미간을 찌푸렸다.

"그게 장점이니까요."

앨리시아는 웃었다. 페리스는 알 수 없다는 표정으로 두 사람의 얼굴을 번갈아 보았다.

그때 뭔가 깨달았다는 듯이 테테루가 기운차게 손을 들었다.

"저기, 저기! 모처럼 선생님들하고도 만났으니 같이 합류해서 놀지 않을래? 학교에선 선생님하고 놀 기회는 없잖아!"

"흐에에에?!"

눈이 휘둥그레진 페리스. 자넷이 테테루에게 속삭였다.

"다, 당신 제정신인가요? 살해당할 거라고요."

"아무리 그래도 죽이지는 않겠지만…… 참신한 제안이네."

"괘, 괜찮을까요?"

교사들에게서 떨어져 이야기를 나누기 시작한 네 사람. 롯테 선생님과 친분을 다지는 것은 페리스 일행도 이론이 없지만, 거기에 일라이자 선생님도 포함된다. 만약 기분을 상하게 한다면 뜨거운 모래에 파묻혀 방치되는 것은 아닐까……하는 억측을 금할 수 없다.

"괜찮아~. 이 세계에 사는 사람은 모두 친구니까!"

"정말로 제정신인가요?!"

"세계는 하나라고! 분명 일라이자 선생님도 우리하고 친해지고 싶을 거라고!"

테테루는 눈을 별처럼 반짝였다. 진심이었다. 모든 반 아이들로부터 친구로 받아들여지는 인기인은 뭔가 다르다. 솔직하게 세계를 믿고 있다.

앨리시아는 입가에 손가락을 가져가 생각에 잠겼다.

"……나쁘지 않을 것 같은데? 그러는 편이 안전하기도 하고."

"안전……?"

페리스가 어리둥절했다.

"뭐…… 페리스에게 나쁜 벌레가 붙지 않도록 해주는 보호자 역할은 될 것 같네요."

"그런 의미는 아니지만……."

"그럼 정해진 거지?!"

테테루가 승리 포즈를 보였다.

"저, 저는……."

페리스는 무언가 말하려 했지만 테테루가 페리스의 어깨에 손을 얹고서 힘주어 고개를 저었다.

"응, 알고 있어! 페리스는 일라이자 선생님하고 잔뜩 놀고 싶은 거지?!"

"저는……."

"사실은 일라이자 선생님이 정말 좋은 거지?!"

"흐에에……."

테테루는 기세에 밀린 페리스를 남겨두고서 선생님 쪽으로 달려갔다. 아무런 망설임도 없이 환하게 보고했다.

"이쪽은 다 같이 놀고 싶대요! 같이 놀아요, 롯테 선생님, 일라이자 선생님!"

"난 상관없는데……."

롯테 선생님은 힐끔 일라이자 선생님의 얼굴을 보았다.

"저도 이론은 없습니다. 멀리서 졸랑졸랑 움직이는 것보다는 좋겠죠."

테테루는 껑충 뛰었다.

"신난다! 그럼 먼저 모래사장에서 술래잡기해요! 술래는 일라이자 선생님!"

"그 인선에 어떤 의도가 있습니까?"

일라이자 선생님의 표정이 굳어졌다.

"먼저 식사를 해야 해요! 슬슬 페리스가 쪼그라들 거라고요!"

"저, 저는…… 괜찮아요……."

페리스는 힘없이 대답했지만 아까부터 매점의 손님이 부러워서 참을 수 없었다.

선생님 두 사람과 학생 네 사람이라는 독특한 구성으로 점심을 먹은 뒤, 테테루는 일라이자 선생님과 함께 헤엄치러 갔다. 두 사람 모두 상당한 육체파라서 몸을 쓰는 일이라면 말이 통할 것 같은 분위기였다.

롯테 선생님은 해변에서 비치 체어를 펼치고 계속 일광욕을 했다. 선생님과 놀 수 있다고 기대했던 페리스는 조금 실망해서 의자를 붙들고 늘어졌다.

"저, 저기, 선생님…… 같이, 놀지 않을래요?"

"응? 놀고 있어. 페리스도 옆으로 와."

롯테 선생님은 나른한 느낌으로 몸을 뒤척였다. 의자 옆 테이블에서 레모네이드가 담긴 잔을 들고서 맛있게 마신 다음 푸하, 하고 귀엽게 숨을 내쉬었다. 겉보기엔 어린아이지만 행동은 어른이다.

"그건 노는 게 아니잖아요! 계속 누워 있는 것처럼 보이는데요……."

"모처럼 쉬는 거니까…… 자지 않으면 아깝지…… 음냐."

"선생님~!"

페리스는 필사적으로 롯테 선생님의 몸을 흔들었다. 하지만 미안해서인지 가볍게 흔드는 정도밖에 할 수 없었다. 롯테 선생님의 천진난만한 입술에서는 기분 좋게 침까지 흐르고 있었다.

"롯테 선생님은 의외로 휴일을 게을리 보내는 성격이시군요."

"어른도 힘드니까……."

자넷과 앨리시아는 약간 황당해하며 롯테 선생님을 바라보았다.

자넷은 선생님께 놀아달라고 조르는 페리스의 모습이 자신의 어린 시절을 보는 것만 같아 부끄러워졌다. 예전엔 바쁜 부모님의 사정을 이해하지 못해 휴가가 될 때마다 여행에 데려가 주셨으면 했었다.

"얘들아~!"

그때 테테루가 일라이자 선생님을 데리고 돌아왔다. 바다에서 나온 두 사람은 젖은 머리카락과 건강미 넘치는 몸에서 물방울을 흘리고 있었다.

무엇보다 일라이자 선생님의 모습이 강렬했다. 바다에 들어가기 위해 안경을 벗은 얼굴은 늠름하고 무서울 정도로 단아했으며 상기된 뺨이 살짝 섹시했다. 단단한 허벅지와 풍만한 두 언덕은 평소 그녀를 무서워하는 소녀들조차 시선을 빼앗길 정도였다.

"거기서 멍하니 있지 말고 같이 놀자! 일라이자 선생님, 헤엄 엄청 잘하셔! 가르쳐 달라자!"

테테루의 제안에 일라이자 선생님은 진중하게 고개를 끄덕였다.

"모처럼 교사인 제가 있으니 지도하지 않으면 시간이 아깝습니다. 지금부터 다 함께 멀리까지 헤엄치죠. 우선 초심자를 위해

100킬로 코스부터 시작하겠습니다."

"100킬로는 무리라고요!"

"자넷은 1미터도 헤엄칠 수 없으니까……."

"실례네요! 2미터는 헤엄칠 수 있답니다!"

"저저저저도 10미터 정도밖에 헤엄치지 못하는데요……."

동요한 페리스 일행.

"문제없습니다. 인간은 삶과 죽음의 사이에 놓이면 잠재능력을 발휘해 100킬로 정도는 순식간에 헤엄칠 수 있습니다."

"그런 상황에 놓이고 싶지 않은데요……."

일라이자 선생님은 사람을 절벽에서 떠밀기 직전 같은 미소를 떠올렸다.

"여차하면 제가 마술로 물을 토하게 해드리겠습니다. 다소의 고통은 동반하겠지만…… 뭐, 아무런 문제 없을 겁니다.

"산더미처럼 많다고요!"

"괜찮다니까~. 할 수 있어, 할 수 있어!"

"자, 서두르세요. 훈련 개시입니다."

쩔쩔매는 소녀들에게 장난기 많은 테테루와 악마 교관 일라이자 선생님이 재촉했다. 그러자 롯테 선생님이 졸린 듯이 눈을 비비며 일어났다.

"흐아암……. 수영은 나중에 하면 되지 않겠어? 얘들도 학교 일로 피곤할 테고, 컨디션이 좋을 때 하지 않으면 훈련 성과도 좋지 않으니까."

"그건 그럴지도 모르겠습니다만……."

떨떠름하게 인정한 일라이자 선생님.

이때를 놓치면 수영 연습에서 도망칠 수 없다. 그리고 롯테 선생님과도 놀 수 없다고 직감한 페리스는 열심히 호소했다.

"저기, 아까 저기서 어린아이가 즐거운 듯이 놀고 있어서 뭘 하는 건가 싶어 보고 있으니 놀이 방법을 알려줬는데요! 다 함께 하지 않을래요?"

"무슨 놀이인데?"

앨리시아가 자상하게 물었다.

"모래 놀이라고 해요! 모래로 성을 만들거나 탑을 만드는 거예요! 재료가 얼마든지 있는 데다 얼마든지 다시 시작할 수 있다니 굉장해요! 전 다 같이 살 수 있을 정도로 큰 집을 만들고 싶어요!"

"저와 페리스, 둘만의 스위트 홈을?!"

"모두의 집이에요!"

"알겠어요! 제가 둘만의 멋진 집을 지어드리겠어요!"

정열을 불태우는 자넷. 페리스가 정정한 말은 귀에 들어오지 않은 듯하다.

"아무리 그래도 그건 어렵지 않을까……."

현실주의자인 앨리시아는 난색을 보였다. 테테루는 손가락을 물고서 생각에 잠겼다.

"모래 놀이라, 재밌겠다! 역시 바다에 오면 그거지!"

"롯테 선생님, 일라이자 선생님, 부탁드려요!"

페리스는 몸 앞에 정성스럽게 손바닥을 맞대고서 꾸벅 부탁했다.

"아하하, 그렇게까지 부탁한다면 할 수밖에 없겠네."

그제야 긴 잠에서 깨어난 롯테 선생님.

"완력 단련과 마술을 상상하는 훈련은 될 것 같군요……."

중얼대는 일라이자 선생님. 수영복을 입고서도 허리에 지팡이를 대신하는 교편을 장비한 것을 보면 호랑이 선생님은 어딜 가도 호랑이 선생님이다.

"고맙습니다!"

의견이 정해지고 페리스 일행은 물결치는 곳으로 갔다.

젖은 모래사장을 당겼다가 밀어내는 물결. 바닷물에 휩쓸리는 게들이 필사적으로 육지로 올랐다. 모래에는 작은 구멍들이 있어서 물이 올 때마다 물거품을 토했다.

교사 두 사람과 소녀들은 모래사장에서 모래를 열심히 모아다가 바로 옆 바닷물을 사용해 다지고서 건물의 토대를 만들었다. 페리스는 마치 강아지가 굴을 팔 때와 같은 기세로 샤샤샥 땅을 팠다.

"굉장히 빠르네. 어느 지하 동굴하고 연결될 것만 같아."

"에헤헤, 계속 마석 광산에서 노예였으니까요! 파는 거라면 자신 있어요!"

"역시 대단하네요! 페리스는 굴을 파는 전문가로군요!"

페리스가 부끄러워하며 웃자, 자넷은 그녀를 꼭 껴안고 싶어졌다. 모래 놀이조차 처음 해보는 페리스에게 반드시 모래성을 선물해야만 한다.

"나도 질 수 없지! 힘내자~!"

테테루는 투지에 불타며 엄청난 속도로 페리스에게 대항했다. 두 사람이 파낸 모래는 다른 아이들이 방해되지 않도록 치워주었다.

"가끔은 이런 것도 좋다. 어쩐지 어린아이로 돌아간 것 같아."

"네……? 선생님은 열두 살 아니었나요?"

"아, 무, 물론 그렇지! 선생님은 영원한 열두 살이야~!"

의아해하는 페리스에게 롯테 선생님이 다급히 일러두었다. 그것을 본 앨리시아가 쿡쿡 웃었다.

모두가 작업하고 있을 때 작은 여자아이가 달려왔다.

"아, 아까 그 언니다! 함정을 만들어?"

페리스는 지면의 구멍에 상반신을 찔러 넣듯이 파고 있었다.

"함정이 아니에요! 커다란 집을 만들 거예요! 완성되면 안에서 다 함께 밥을 먹을 거예요!"

"와, 굉장해! 나도 힘낼래!"

작은 여자아이는 부모의 손을 잡고 와 가족끼리 모래 놀이를 시작했다.

"나 말이지, 저 언니 네하고 똑같이 커다란 탑을 만들고 싶어!"

"어머나, 그것참 힘들겠네."

"후후, 맡겨만 다오. 이래 봬도 난 건축 기사니까!"

"아빠 멋져~!"

"후후후……!"

아버지가 묘한 의욕을 보이며 훌륭한 첨탑을 건조해나갔다. 그 두 팀의 기세에 이끌렸는지 여기저기서 해수욕을 즐기던 사람들이 모여들기 시작해 놀이에 참가하기 시작했다.

"뭐야, 여기가 모래 놀이 특설 회장이었나?!"

"그런 이벤트가 있던가?"

"아무렴 어때, 참가해야지!"

"이 커다란 흐름에 편승하지 않으면 바다의 남자가 아니지!"

"허허허, 아흔 살이 되고서도 모래를 만질 줄은 몰랐네⋯⋯. 잠깐 왕년의 솜씨를 보여줄까!"

주변이 순식간에 모래 놀이를 시작한 사람들로 가득해졌다. 구경하는 사람들, 관객에게 마실 것을 파는 사람들까지 나타나 밝고 떠들썩한 분위기로 가득해졌다.

가까이에 있던 노인이 웃는 얼굴로 일라이자 선생님에게 말을 걸었다.

"귀여운 아이들이 많아서 좋겠네! 엄마도 애들 키우느라 고생이겠지만 매일 즐겁겠지?"

"엄마⋯⋯?"

일라이자 선생님은 미간을 찌푸렸다.

"응? 아닌감?"

눈을 깜박인 노인. 실제로 페리스 일행 중에 어른처럼 보이는 것은 일라이자 선생님뿐이니 보호자라는 오해를 받아도 무리가 아니다.

그러나 일라이자 선생님은 그 오해가 불쾌했는지 거칠게 말했다.

"제가 어머니라면 휴일에 이런 어설픈 놀이터로 데려오지 않고 지하 투기장에 던져 넣어 훈련시켰을 겁니다⋯⋯."

"하하하, 독특한 농담을 하는 어머니구먼!"

분명 농담이 아닐 거예요! 페리스는 그렇게 마음속으로 외쳤다. 항상 일라이자 선생님의 실기 수업에서 끔찍할 정도로 훈련을 받고 있으니까.

자넷이 주변 관광객을 냉엄한 얼굴로 둘러보았다.

"대체 뭔가요, 이 흐름은……. 저와 페리스의 프로젝트에 경쟁할 생각인가요!? 그렇다면 질 수 없지요!"

"그렇게 화낼 일도 아닌 것 같은데."

앨리시아가 어르고 테테루가 밝은 목소리로 말했다.

"사이좋게 하자! 결국엔 모두의 결과물을 합체시키면 되잖아!"

"이게 무슨 키메라인가요?!"

일라이자 선생님은 손가락으로 안경을 들어 올리며 살기가 담긴 시선을 군중에게 보냈다.

"시작했으니 승리해야 합니다. 영광스러운 마법 학교의 학생이 일반인에게 패배해선…… 절대로 안 됩니다. 어떤 수단을 써서라도……."

"일라이자 선생님……? 실력 행사는 안 돼……."

동료가 일반인의 작품을 마술로 뭉개버릴 것 같은 예감이 들자 롯테 선생님은 만약을 위해 그렇게 일러두었다. 영광스런 마법 학교의 교사가 스캔들을 일으켜선 안 된다.

"……흥. 그럼 천천히 품질로 승부하겠습니다."

"일라이자 선생님도 은근히 사소한 일에 발끈하는 타입이었구나……."

롯테 선생님은 쓴웃음을 지었다.

"여러분, 모래를 계속 팔 테니 마음껏 써주세요!"

굴을 파던 페리스가 구멍 밖으로 모래투성이인 얼굴을 쏙 내밀었다.

떠들썩한 군중 안에 있으니, 그리고 많은 사람과 함께 모래 놀이를 하고 있으니 한없이 가슴이 뛴다. 똑같은 땅굴 파기인데도 혼자 어두운 갱도를 파던 마석 광산 시절과는 전혀 다르다. 그 시절엔 자신의 노동이 힘들다는 것도 몰랐고 이런 즐거움도 몰랐지만…… 지금은 당시의 몇 백 배는 더 들뜬 기분이었다.

푸른 하늘이 눈부시고 하얀 모래사장 위로 불어오는 바람이 기분 좋아서.

"흐아…… 더, 더 잔뜩 놀고 싶어요!"

페리스가 곱씹듯 중얼거린 그 순간이었다.

쿠우우우웅, 뱃속까지 울릴 듯한 소리와 함께 지면이 기분 나쁘게 흔들리기 시작했다.

"어……."

페리스의 웃는 얼굴이 얼어붙었다.

그 직후, 바다 건너의 화산 분화구에서 한 줄기 연기가 빠르게 뿜어졌다. 새빨간 바위가 하늘로 솟구쳐 바다와 모래사장으로 떨어졌다. 물보라를 튀기고 지면으로 파고들며 그 파괴의 흔적을 흩뿌렸다.

날뛰기 시작한 분화구에서 용암이 흘러나왔다. 바다를 추하고 탁하게 물들이며 엄청난 속도로 모래사장으로 밀려들었다.

비명을 지르며 도망치는 사람들. 넘어지는 아이, 밟힐세라 서둘러 아이를 일으키는 부모, 서둘러 일어나지 못하고 당황하는 노인. 낙원이 지옥으로 돌변했다.

"아씨!"

호위를 맡은 다니엘라가 앨리시아 일행 쪽으로 달려왔다.

아직 바다에는 많은 사람이 남아 있는 등 제대로 피난하지 못한 상황이었다. 모두가 필사적으로 도망치려 했지만 용암은 바로 코앞까지 다가왔다.

"아…… 아……."

페리스는 눈을 크게 뜨고 멍하니 섰다.

"서둘러!"

"도망쳐야죠!"

앨리시아와 자넷이 페리스에게 손을 내밀었다.

그러나 페리스는 두 사람의 손을 잡지 않았다. 위가 가라앉은 듯한 느낌이 들어 온몸에 힘이 들어가지 않았다. 어째서인지 직감으로 이해한 것이다. 도망쳐도 살 수 없다는 것을. 저 절망과 죽음의 냄새를 풍기는 화산이 모든 것을 집어삼키려 하는 것을.

수많은 피서객도, 어린아이들도, 노인도, 그리고 페리스의 소중하고 소중한 사람들도. 행복한 시간이 그대로 찌부러져 사라진다. 희망이 절망으로 바뀌었다.

"이럴 수가…… 이런 건…… 싫어요……!"

페리스는 두 손을 머리 위로 들었다.

손끝이 떨렸다. 긴장과 공포로 작은 무릎이 꺾일 것만 같았다. 이것은 연습이 아니다. 수업이 아니다. 조금의 실수가 사람의 목숨을 좌우하는 현실이다.

"잠깐, 페리스!"

"그만두세요! 여기선 안 됩니다!"

롯테 선생님과 일라이자 선생님이 말리려 했다.

바로 옆에 불타는 바위가 떨어져 자넷이 비명을 질렀다.

열기가 소녀들의 피부를 달구고 유황 냄새가 코를 찔렀다. 무자비한 불꽃의 비가, 밀려드는 용암의 파도가, 안식의 모래사장으로 밀어닥쳤다.

페리스는 어금니를 깨물고 다리에 힘을 주었다. 해야만 한다. 도망칠 수 없다. 모든 것이 파괴되게 둘 수 없다.

"마소 씨, 저 화산을 막아주세요오오오오오오오!"

페리스가 외쳤다.

세계가, 숨을 멈췄다.

흑백으로 굳어진 세계에서 페리스를 중심으로 마력이 크게 회오리치며 거대한 파도를 만들었다. 허공으로 균열이 일며 중압감이 사람들의 어깨를 짓눌렀다.

"이, 이게 뭐야?!"

"마술?!"

"이런 엄청난 마술을 누가?!"

사람들이 당황했다.

롯테 선생님은 초조해졌다. 이렇게나 많은 사람 앞에서 페리스의 마도를 사용했다간 얼버무릴 수 없다. 마법 학교의 학생들과는 다르게 정보를 통제하기도 어렵다. 외국에서 찾아온 관광객이 목격한다면 다른 나라에도 페리스의 존재가 들킬 것이다.

"……어쩔 수 없군요."

일라이자 선생님은 혀를 찬 뒤 허리에 찬 교편을 들었다.

"아련한 꿈이여, 보편적인 공허의 추상이여, 저자들의 눈을 달아라…… 팜 브라우드."

교편 끝에서 마법진이 전개되며 주변으로 안개가 퍼졌다. 페리스와 일라이자 선생님 이외의 시야가 닫혔고, 자넷은 혼란에 빠져 가까운 소녀에게 매달렸다.

환혹 마술의 안개로 뒤덮인 그 중앙, 날뛰는 마력의 회오리가 페리스의 머리카락을 격렬하게 뒤흔들고 연약한 몸을 대지에서 들어 올리려 했다.

엄청난 섬광과 함께 페리스의 손에서 마력의 회오리가 쏘아졌다.

밀려드는 탁류에 마력의 회오리가 들이닥쳐 난폭하게 집어 삼켰다. 떨어지던 용암을 회오리가 붙들어 사로잡았다.

마치 파도가 되돌아가듯 대량의 용암이 해안으로 돌아가 분화구로 되돌아갔다. 화산은 땅을 울리며 저항했지만 압도적인 마력에 거스를 수 없었다.

화산 주변에 몇 겹의 마법진이 나타났다. 알아볼 수 없는 문자와 기묘한 문양으로 그려진, 산조차 뒤엎는 거대한 마법진. 화려하게 빛나며 공중에서 회전해 산을 옭아맸다. 화산이 달아오르는 듯한 하얀색으로 물들고 엄청난 섬광이 뻗어져 나갔다.

마법진과 마력의 회오리가 사라졌을 때는…… 화산은 그 색을 바꾸어 말 없는 칠흑의 덩어리가 됐다. 테테루는 폭풍에 휘말려 바위 위로 떨어져 기절했다.

일라이자 선생님이 교편을 가볍게 휘두르니 환혹 마술의 안개가 사라졌다.

"자넷…… 너무 강하게 껴안으면 아픈데."

"꺅?!"

자넷은 자신이 매달린 상대가 앨리시아라는 것을 알고서 다급히 물러났다. 불가항력이었다지만 라이벌에게 한심하게 기댄 것이 부끄러웠다.

"어, 어라……?"

"분화가, 끝난 거야……?"

"이상한데…… 이 주변에 용암이 밀려들었었는데……."

"무슨 일이 일어난 거지?"

해안에 있던 사람들은 넋이 나간 모습이었다. 일라이자 선생님의 환혹 마술로 앞을 볼 수 없었던 탓에 페리스의 상식을 벗어난 마도를 깨닫지 못했다. 지금 상황을 전혀 알 수 없었다.

"어떻게든…… 됐어요……."

페리스는 온몸에서 힘이 빠져 휘청거렸다.

"괜찮니?"

앨리시아가 서둘러 페리스의 몸을 붙잡아주었다.

"네…… 저는……. 여러분은 다치지 않으셨나요……?"

"난 괜찮아. 고마워, 페리스."

"다행이에요……."

페리스는 안도한 듯이 미소 지었다. 휘청, 몸이 흔들리더니 무릎이 꺾였다. 그 작은 머리가 앨리시아의 가슴으로 넘어졌다.

"페리스……?"

앨리시아가 어깨를 붙잡고 들여다보니 페리스는 눈을 굳게 감고 있었다. 사지는 힘없이 늘어졌고 작은 입술에서 사라질 듯한 숨소리가 흘러나왔다.

"무슨 일인가요?! 다치기라도 했나요?!"

자넷의 얼굴이 창백해졌다. 롯테 선생님이 페리스의 모습을 관찰했다.

"상당히 지친 모양이야. 일단 방에서 쉬게 해주는 편이 좋겠어."

"그럼 나한테 맡겨줘! 별장까지 옮길게!"

테테루가 달려와 페리스의 몸을 가볍게 안아 올렸다. 페리스와 별 차이가 없는 체격인데도 그 완력이 대단하다.

"당신, 아까까지 저기서 기절하지 않으셨나요?"

"했었지! 하지만 괜찮아!"

테테루는 낭랑하게 웃었다. 페리스를 안은 채 뛰기까지 했다.

소녀들은 교사들과 헤어져 호위를 해주는 다니엘라와 함께 해안가의 별장으로 돌아가기로 했다. 용암의 습격으로 어지러워진 모래사장 위로 파편과 구멍을 피하며 나아갔다.

그나저나, 하고 앨리시아는 미간을 찌푸리며 바다를 보았다.

"화산은 지맥의 마력으로 봉인됐을 텐데 어째서 갑자기 날뛰기 시작한 걸까……?"

천장에 뚫린 창문에서 햇빛이 드는 현관의 홀, 기품이 있는 메이드, 넓은 객실로 가득한 휴양지 분위기. 레스토랑에는 왕도에서 경력을 쌓은 셰프가 있어 뷔페 스타일로 언제든지 멋진 음식을 즐길 수 있다.

무엇 하나 아쉽지 않은 환경을 경비로 즐길 수 있는 처지인데도 롯테는 자신의 방에서 멋쩍은 분위기에 괴로워했다.

아니, 정확하게는…… 롯테와 일라이자의 방에서.

둘만의 공간을 채운 것은, 침묵. 그것도 피부를 찌를 듯한 침묵이었다.

일라이자는 방으로 돌아오자마자 책상에 앉고서 침대에 앉은 롯테 쪽을 보려고도 하지 않았다. 견딜 수 없었던 롯테는 조심스럽게 말을 걸었다.

"저, 저기…… 슬슬 저녁 먹으러 갈래? 호화 메뉴를 마련해준다던데?"

"……전 책을 읽고 있으니까요. 가고 싶으시면 혼자 다녀오시죠."

쌀쌀맞은 일라이자.

롯테는 속으로 작은 한숨을 쉬었다. 애초에 그다지 친한 사이라고 할 수 없고, 굳이 말하자면 적대하던 시기도 있었다. 무엇보다 일라이자가 타인과 친하게 지내는 모습을 본 적이 없다.

그러나 둘이서 페리스 일행을 지켜보는 일로 온 이상 이 껄끄러운 분위기를 어떻게든 해야만 했다. 그렇지 않으면 바다의 낙원이 지옥이 된다.

롯테는 열심히 이야기를 계속해보기로 했다.

"무슨 책 읽는데?"

"옛 마도사에 대한 문헌입니다."

"그거 혹시 페리스를 위해서?"

"무슨 문제라도 됩니까?"

일라이자는 머리카락을 귀 뒤로 넘기며 롯테를 노려보았다. 항상 학생들을 냉정하게 대하지만 마찬가지로 교사로서의 일도 타협하지 않는 듯하다.

"……굉장하네, 일라이자는. 아까도 페리스의 힘을 보이지 않도록 숨겼잖아. 나는 담임인데도 아무것도 하지 못했는데."

"당연합니다. 당신은 지팡이를 들지 않았으니까요. 휴가 기분에 빠져 지나치게 긴장이 풀렸습니다."

"으으……."

롯테의 가슴에 정론이 파고들었다. 아까의 사건으로 자신의 무력함을 통감했던 만큼 반론의 여지가 없었다.

"뭐…… 지팡이를 갖고 있었어도 그러지 못했을 것 같지만. 일라이자처럼 강력한 마술사가 아니니까."

롯테는 침대 위에서 무릎을 안았다.

학생을 위해 노력하고 싶은데도 힘이 없다. 마력도 전투력도 표준적인 자신은 일라이자처럼 크게 활약할 수 없다.

"……반드시 힘이 학생을 이끄는 건 아닙니다."

"응……?"

일라이자의 말에 롯테는 깜짝 놀랐다.

"확실히 전 우수한 마술사입니다만 학생들이 따르지 않습니다. 학생과 거리가 가까운 롯테 선생님이기에 가능한 일도 존재할 겁니다."

"그 말은…… 나도 학생에게 도움이 된다는 뜻이야?"

"네, 뭐."

일라이자가 끄덕였다.

"흐음……."

롯테는 침대에서 뛰어내려 일라이자의 얼굴을 들여다보았다.

"뭐, 뭡니까?"

일라이자는 불쾌한 듯이 얼굴을 찡그렸다.

"혹시…… 일라이자는 좋은 사람이었어?"

"네?"

무슨 헛소리를, 하는 눈으로 내려다보지만 롯테는 쿡쿡 웃었다. 아직 일라이자에 대해 잘 모르겠지만, 그저 짓궂기만 한 사람이라고 판단하는 것은 조금 이를지도 모른다. 우선 그녀에 대해 알고 싶다. 조금이지만 그런 마음이 생겨났다.

"일라이자, 저녁 먹으러 가자! 역시 가자!"

"잠깐만요…… 방해하지 마시죠. 전 바쁩니다."

"뭐 어때!"

롯테는 일라이자의 팔을 붙잡고 방 밖으로 끌고 나갔다. 우선 이 짓궂은 교사의 입에 케이크를 잔뜩 넣어주고서 미간에 주름이 잡히는지 시도해보고 싶어졌다.

제12장 『화산을 먹는 자』

별장 침실의 커다란 침대에 페리스를 눕혔다.

마력을 너무 사용해 지친 몸을 품질 좋은 매트리스가 받쳐주었다. 말캉말캉 구름 같은 이불에 둘러싸이니 온몸 구석구석의 피로가 풀렸다.

페리스는 반쯤 꿈의 세계로 발을 디딘 의식 속에서 곁에 어떤 기척을 느꼈다. 누군가가 지켜보는 것 같은, 바싹 다가온 듯한 그런 기척. 고급스럽고 산뜻한 향기가 아련히 풍겼다.

"앨리시아…… 씨?"

페리스는 꾸벅꾸벅 졸며 눈꺼풀을 들었다.

그러나 강력한 수마에 이길 수 없어 살짝 열린 시야에 사람 그림자가 보였다.

아름다운 소녀. 실내인데도 모자를 쓰고서 페리스에게 자상한 시선을 보냈다.

소녀의 손바닥이 살짝 페리스의 머리를 쓰다듬었다.

부드럽고 자상한 감촉. 가슴 안쪽이 따듯해지는 것이 기분 좋아 의식이 몽롱해졌다.

"누……구……."

페리스는 살짝 속삭이며 꿈속으로 빠져들었다.

다시 눈을 뜨니 앨리시아와 테테루가 걱정스러운 표정으로 침대에 누운 페리스를 들여다보고 있었다.

특히 자넷은 유별나게 당황했는지 원래부터 하얀 얼굴이 더욱 창백해져서는 자신의 손을 맞잡고 있었다.

"……안녕하세요?"

페리스가 얼빠진 인사를 하자 다른 소녀들은 안도의 한숨을 쉬었다. 앨리시아는 페리스의 위로 몸을 굽혀 그 뺨에 손을 얹었다.

"페리스, 괜찮니? 아프거나 힘들지는 않아?"

"괜찮아요."

페리스는 멍하니 답했다.

바다에서 마법을 쓴 뒤로 쓰러져서 그 뒤의 기억이 거의 없다. 어째서 모두가 그렇게 불안한 듯이 바라보는지도 알 수 없었다.

"다행이다. 페리스는 그 뒤로 하루 종일 잠들어 있었어. 자넷은 걱정돼서 한숨도 자지 못했을 정도니까."

"그렇게나…… 죄송해요, 자넷 씨."

페리스는 침대에 누운 채 고개를 살짝 움직여 사과했다. 자신이 폐를 끼친 것이 미안했다.

자넷은 팔짱을 끼며 고개를 돌렸다.

"저, 전 홍차를 너무 마셔 잠이 오지 않았을 뿐이랍니다! 페리스가 걱정돼서 그런 게 아니에요!"

테테루가 웃었다.

"거짓말. 페리스의 상태가 갑자기 나빠지면 큰일이니 반드시 자신이 돌봐줘야 한다며 홍차를 벌컥벌컥 마셨으면서~."

앨리시아가 끄덕였다.

"페리스가 죽으면 저도 따라 죽겠어요! 하고 한밤중에 뛰어다녔을 땐 어떻게 해야 하나 싶었으니까."

"그건 비밀이라고요!"

자넷은 새빨개진 얼굴로 앨리시아의 입을 막았다.

그러나 앨리시아는 곧바로 자넷의 손에서 벗어나 침대 너머로 도망쳤다.

페리스를 끼고 자넷이 앨리시아에게 원망스러운 시선을 보냈다. 페리스는 주위를 둘러보았다.

"저기…… 방금 그 아이는 어디 있나요?"

"그 아이라니?"

앨리시아가 되물었다.

"모자를 쓴 여자아이요. 계속 곁에 앉아 있었던 것 같은데요……."

"이 방 안에 모자를 쓴 사람은 없었는데요?"

"하지만 있었어요. 머리를 쓰다듬어주기도 했어요."

"자넷 아닐까? 계속 페리스 곁에 있었으니까!"

"그러네. 나와 테테루가 없는 사이에 페리스의 머리를 쓰다듬어 줬을지도……."

"쓰다듬지 않았어요! 생트집이에요!"

그런 용기가 있었더라면 이미 페리스를 잔뜩 쓰다듬었을 것이다.

물론 용기는 없다. 침실에 페리스와 둘만이 됐을 때도 긴장된 나머지 의자에서 한 발자국도 움직이지 못한 채 굳어버렸을 정도였다.

"누가 있었던 것 같은데……. 꿈, 이었을까요……."

페리스는 당황스러웠다.

꿈이라고 하기엔 현실적이라 세세한 부분까지 감각이 있었던 것 같다. 하지만 열이 있어서 머리가 몽롱했었으니 평소와는 다른 형태의 꿈이었을 뿐일지도 모른다.

복도와 연결된 문이 열리고 대야를 든 하인이 나타났다.

"앨리시아 님. 수건과 물을 가져왔습니다."

"고마워요. 나머진 제가 할게요."

앨리시아가 말하니 하인은 테이블 위에 대야를 두고 떠났다.

"땀을 흘린 모양이니 몸을 닦자."

"지, 직접 할 수 있어요…… 일부러 해주실 필요는."

페리스는 일어나려 했지만 금세 주저앉고 말았다. 딱히 다친 곳이 없고 조금 열이 있을 뿐인데 전혀 몸에 힘이 들어가지 않았다.

"어휴, 무리하면 안 되지."

"흐아……."

앨리시아가 이마를 찌르자 페리스의 입에서 가느다란 목소리가 나왔다. 혼났는데도 그 행동이 자상해서, 가슴이 간지러워서, 더 혼내줬으면 좋겠다고 생각하고 말았다.

"페리스는 사람들의 목숨을 구한 영웅이니까 이 정도는 괜찮아. 조금은 누군가에게 기대는 방법도 알아둬야 해."

"영웅은…… 아닌데요……."

살짝 항의해 보지만 앨리시아는 들어주지 않았다. 대야의 물에 수건을 담가 가볍게 짜낸 뒤 그 젖은 수건으로 페리스의 팔을 닦았다.

"이쪽도 닦자."

앨리시아가 페리스가 입은 셔츠의 단추를 풀려 하자 자넷이 의자에서 벌떡 일어났다. 손바닥으로 눈을 그리고서 사사삭 문 쪽으로 물러났다.

"저, 저는 일이 있어서 자리를 비우겠어요! 잠시 페리스를 잘 부탁해요!"

"무슨 일이야, 자넷. 얼굴이 빨개."

"토토토토마토 소스를 뒤집어썼을 뿐이에요!"

자넷은 다급히 떠나갔다.

난폭하게 열린 문. 복도를 달리는 발소리, 넘어진 듯한 소리와 비명까지 들렸다. 테테루는 고개를 갸웃했다.

"이상하네…… 백 킬로 헤엄이라도 하러 간 걸까……?"

"그러다 만 번 정도는 물에 빠질 것 같네."

앨리시아는 페리스를 일으키고서 파자마 셔츠를 벗겼다. 테테루가 몸을 지탱해주는 사이에 앨리시아가 피부 위로 젖은 수건을 미끄러뜨렸다.

"하약."

페리스는 살짝 숨을 내쉬었다.

"미안, 차가웠니?"

"아, 아니요. 조금 간지러웠을 뿐이에요."

"그럼 계속할게."

"고맙습니다."

모처럼 간호해주는데 여기서 더 배려해준다면 미안하니, 페리스는 몸을 웅크리며 간지러움을 참았다. 배꼽과 옆구리 아래가 닿았을 땐 자신도 모르게 어깨가 들썩일 뻔했다. 그러나 서서히 간지러움에 익숙해져 얌전히 몸을 맡길 수 있게 됐다.

땀으로 끈적였던 피부가 깨끗해지고 젖은 수건의 시원함이 상쾌함을 주었다. 뜨거웠던 몸에서 괜한 열기가 빠져나갔다.

앨리시아는 페리스의 두 다리를 닦은 다음 조용히 등을 닦아주었다.

"페리스, 괜찮니?"

"네…… 기분, 좋아요……."

여신과 같은 눈동자가 페리스를 자상하게 바라보고 아름다운 금발이 페리스의 몸까지 내려왔다. 이렇게 대해주면 페리스는 가슴 안쪽이 뜨거워졌다. 자신도 모르게 입술에서 목소리가 흘러나왔다.

"엄……마……?"

"……응? 왜 그러니?"

알 수 없다는 듯이 바라보는 앨리시아.

"아, 아무것도 아니에요!"

페리스는 다급히 앨리시아에게서 눈을 돌렸다. 자신의 어머니를 알지도 못하면서 어째서인지 앨리시아를 그렇게 부르고 싶어지고 말았다.

그러나 같은 반 친구인 여자아이를 엄마 대신으로 보는 것은 부끄럽다. 이래선 마치 자신이 갓난아기 같다.

뺨이 뜨거워진 페리스는 침대 위를 데굴데굴 구르고 싶어졌다.

온몸을 깨끗하게 닦고 청결한 잠옷으로 갈아입었을 때, 경쾌한 발걸음 소리와 함께 침실의 문이 기세 좋게 열렸다.

"페리스! 치킨 수프를 만들어왔답니다!"

방으로 들어온 것은 작은 냄비를 오븐 장갑을 끼고서 들고 온 자넷. 긴 머리카락을 삼각 두건으로 묶고서 헐떡이며 침대로 다가왔다.

"와, 냄새 진짜 좋다!"

흥미진진하게 냄비에 다가간 테테루.

"기운이 없을 땐 치킨 수프가 제일이랍니다. 제가 완벽하게 간호해드리겠어요!"

"의욕 가득하네."

"물론이에요! 페리스가 기운이 없는 지금이 바로 제가 나설 때니까요!"

자넷이 뚜껑을 여니 냄비에서 수증기와 향기가 피어올랐다. 자넷은 나무 숟가락으로 수프를 떠서 페리스의 입가로 가져갔다.

"자요, 페리스. 맛보세요. 아, 아앙……."

긴장한 탓에 자넷의 손이 유난히 떨렸고, 그 결과 숟가락까지 떨려 위험해 보였다.

당장에라도 흘릴 것 같았지만 기적적인 균형으로 참상은 면했다. 페리스는 빨리 먹지 않으면 돌이킬 수 없는 일이 벌어질 것 같

다는 생각에 초조해졌다.

"아앙."

병아리처럼 벌린 페리스의 입에 수프가 흘러들었다.

"아뜨뜨……."

"아, 뜨거웠나요?! 괜찮으세요?! 당장 물을 가져오겠어요!"

당황한 자넷.

확실히 뜨거워 깜짝 놀랐지만, 치킨 수프가 입안에서 부드럽게 녹아내렸고 힘을 주는 맛에 몸이 치유됐다.

페리스는 간호를 받는 것이 너무 기뻐서 시야가 흐려졌다. 마석 광산에 있던 시절엔 몸이 안 좋아져도 아무도 도와주지 않았다.

몸져누워도 빨리 일하라고 감독관에게 혼날 뿐이었다. 친구들은 정말로 페리스를 소중히 여겨준다. 정말이지 자신 같은 노예에겐 너무 아까울 정도로.

"괜찮아요. 정말…… 맛있어요."

페리스는 환하게 웃었다.

"페리스…… 귀…… 귀…… 귀여워요오오오오!"

"흐에에에?!"

참을 수 없게 된 자넷이 달려들듯이 페리스를 안았다. 공중으로 떠오른 냄비를 서둘러 테테루가 붙잡았다. 자넷의 풍만한 가슴에 얼굴이 짓눌린 페리스는 질식할 것만 같았다.

"자, 자넷 씨…… 저…… 으그그……."

"왜 그러시나요, 페리스. 그렇게 짓눌린 목소리를 내다니."

"정말로 짓눌리고 있다고!"

위험한 순간 앨리시아가 자넷을 떼어놓았다. 소녀끼리인데도 격투가처럼 조르기를 했다. 자넷은 그 정도로 하지 않으면 안 될 정도로 제정신이 아니었다.

압박에서 해방된 페리스는 가슴을 누르고 하아하아 호흡을 가다듬었다. 자넷에게서 사랑받고 있는 것은 전해져서 기뻤지만, 조금은 힘을 빼줬으면 좋겠다.

행복한 고민이었다.

그런 세 사람의 모습을 테테루가 손가락을 물며 바라보았다.

"좋겠다, 좋겠다. 페리스만 간호해준다니. 나도 간호받고 싶어!"

"물론 테테루가 병에 걸린다면 다 함께 간호해줄게. 그렇지? 자넷."

"아, 네, 뭐……."

자넷은 친구니까요, 하는 말을 덧붙이고 싶었지만 테테루에겐 아직 그렇게 단언하기가 부끄럽다. 반에서 인기가 많은 테테루에게는 조금 어색한 부분도 있다.

"음, 하지만 난 태어나서 한 번도 아파본 적이 없어. 그러니까 간호를 받아본 적도 전혀 없었어."

"무척 건강하시네요."

"그걸 건강이라는 말로 끝내도 괜찮은 걸까……."

앨리시아는 고개를 갸웃했다.

"한 번이라도 좋으니까 감기에 걸려보고 싶어서 눈 오는 산에서 계속 어슬렁거렸던 적도 있지만 몸이 얼어붙을 뿐이었어!"

아하하, 테테루는 웃어넘겼다.

"웃을 일이 아니라고요…….."

자넷은 자칫 동사했을 수도 있다고 생각하니 오싹해졌다.

테테루는 침대에 손을 넣고서 페리스에게 몸을 내밀었다.

"저기, 페리스. 뭔가 좋은 저주 없어? 목숨이 위험할 수 있는 걸로! 그걸 내게 걸면 간호를 받을 수 있겠지!"

"어, 어떻게 그래요!"

페리스는 도리도리 고개를 흔들었다. 주술의 지식은 있지만 실제로 사람에게 쓴다고 생각하기만 해도 무섭다.

"테테루도 분명 조만간 감기 정도는 걸릴 거야. 그렇게 되면 내가 실력을 발휘해 맛있는 수프를 만들어줄게."

앨리시아는 듬직하게 주먹을 쥐었다.

"여, 역시…… 병이 걸리지 않는 편이 좋을 것 같네…….."

갑자기 위축된 테테루. 앨리시아는 자상하게 미소 지었다.

"어째서? 그렇게 사양하지 않아도 돼. 테테루는 소중한 친구니까 아무도 생각지도 못한 재료로 독창적인 음식을 준비할게."

"죄송합니다, 죄송합니다! 전 건강합니다! 그러니 요리만큼은!"

테테루는 무릎을 꿇었다.

"이렇게 무서워하는 테테루 씨는 처음 봤어요. 무슨 일이 있었던 걸까요……?"

"있었답니다…….."

원정을 나갔을 때 앨리시아의 음식을 단번에 마셔 생사의 기로에 놓였던 자넷은 테테루의 심정을 잘 알 수 있다. 그것은 인간이 먹어도 될 종류의 물질이 아니다.

"어휴…… 이상하긴. 어쨌든 기대해줘."

"하하……하……."

기대보다 각오라는 표현이 어울리지 않을까 생각한 테테루. 병에 걸렸다간 곧장 앨리시아에게서 도망쳐야 한다.

그때 일라이자 선생님이 방 입구에 나타났다.

"……상당히 떠들썩하군요."

"꺅?!"

자넷과 페리스는 비명을 질렀다. 그것도 당연한 것이 안전하다고 믿었던 진지에 돌연 천적이 나타났으니 말이다. 이제는 아무것도 믿을 수 없다. 일라이자 선생님과 수영으로 대화를 나눈 테테루는 의외로 괜찮았지만 앨리시아조차 얼굴이 경직됐다.

"페, 페리스는 제가 지키겠어요!"

자넷은 죽음을 각오한 얼굴로 페리스의 앞에 섰다. 무릎이 떨리고 무서워서 도망치고 싶었지만 무슨 일이 있어도 몸이 아픈 페리스에게 손을 대게 할 수 없었다.

콧방귀를 뀐 일라이자 선생님.

"공격하러 온 게 아닙니다."

"그럼 수영?"

"수영도 아닙니다."

일라이자 선생님은 눈을 반짝이며 다가온 테테루를 무뚝뚝하게 밀어냈다.

"병문안 왔어~. 페리스, 괜찮니?"

일라이자 선생님의 뒤에서 롯테 선생님이 불쑥 고개를 내밀었다. 딱히 숨었던 것은 아니지만 체격 차이로 동료와 함께 걸으면 모습이 보이지 않게 되는 일이 많다.

일라이자 선생님의 존재는 여전히 위협적이지만 아군이 나타난 것으로 페리스는 조금 안심했다.

"움직이는 건 힘들지만 누워 있으면 괜찮아요."

"다행이다! 이거, 선물. 다 함께 먹어."

롯테 선생님은 과자가 잔뜩 든 바구니를 휘청휘청 옮겨와 힘겹게 테이블 위에 두었다.

"고맙습니다!"

페리스가 생글생글 웃었다.

"저도 병문안 선물을 준비했습니다. 두 번 다시 쓰러지지 않도록 이걸로 몸을 단련하세요."

일라이자 선생님은 묵직한 덤벨을 페리스의 허벅지에 올렸다.

"병문안 선물로 덤벨……인가요?"

"세상 어디에 그런 풍습이……?"

자넷과 앨리시아는 당황했지만 테테루는 밝은 목소리였다.

"흠, 좋은 거 받았네."

"고맙습니다! 열심히 단련할게요!"

페리스는 의외로 기뻐했다. 다 큰 어른도 들기 힘든 덤벨이 허벅지에 파고들어 아팠지만, 병문안 선물을 받았다는 사실이 기뻤다. 분명 일라이자 선생님이 자신을 위해 열심히 생각해서 골라줬을 것이다. 그 결과가 덤벨이니 받아들이는 것이 성의다. 그런 식으로 생각하는 순수한 페리스다.

"네, 확실히 단련하세요. 당신의 몸은 지나치게 나약합니다. 우선 상완 이두근에 혹이 생길 정도로 근육을 단련하세요."

"네!"

"안 돼요, 페리스! 불끈불끈한 페리스는 페리스가 아니에요!"

"적어도 복근은 여덟 개로 갈라지도록 하세요."

"네!"

"페리스에게 복근은 어울리지 않아요!"

자넷은 필사적으로 주장했다. 페리스가 신장 3미터의 육체파가 되어도 사랑할 자신이 있지만, 그것과는 별개로 작고 사랑스러운 페리스가 제일이다.

일라이자 선생님은 손가락으로 안경 위치를 고치며 페리스를 바라보았다.

"목숨이 아깝다면 죽을 각오로 노력하세요. 어제처럼 마법을 빈번히 사용했다간 언젠가 그 나약한 몸이 파탄 날 겁니다."

"흐에……?"

페리스는 놀랐다.

"어리석은 당신은 자각하지 못하는 모양이지만 마소를 직접 다뤄 마도를 행사하는 것이 당신의 몸에 심각한 부담을 줍니다. 어제 쓰러진 것도 그 탓이죠."

"저, 저기…… 마소 씨에게 부탁하면 좋지 않다는 뜻인가요……?"

일라이자 선생님은 미간을 찌푸렸다.

"부탁……? 그건 부탁이 아닙니다, 명령이죠. 어떤 원리인지는 모르겠지만 상식의 범주를 넘은 약식인 것은 분명할 겁니다. 마력의 방출량이 지나치게 커서 당신의 몸으로는 견디지 못합니다."

"견디지 못하면…… 어떻게 돼요?"

테테루가 긴장한 듯이 물었다.

"지금은 기절한 것만으로 끝났지만 언젠가 의식이 돌아오지 않을 테고, 장기가 망가지거나 생명력이 쇠퇴할 겁니다. 어찌 됐든 기다리는 건 죽음이죠."

"그, 그럴 수가……."

자넷은 몸을 떨었다.

"어떡하면…… 되나요……?"

페리스가 조심스럽게 물었다.

"되도록 언령이라는 경로를 통해 마술을 쓰세요. 당신이 사용하는 약식과는 다르게 일반적인 마술이라면 방출되는 마력이 정해집니다. 그리고 만약의 사태에 대비해 몸을 단련해둬야겠죠."

"알겠습니다…… 조심할게요……."

일단 마석 광산에서 굴을 팠었던 만큼 체력은 그럭저럭 있지만 분명 아직 부족할 거라고 생각한 페리스.

"저도 주의해서 지켜볼게요."

앨리시아는 페리스를 살짝 안아주었다.

"저도…… 전력을 다해 지켜보겠어요."

자넷은 입술을 깨물었다. 페리스가 그 엄청난 마도를 사용하는 것은 대게 누군가가 위기에 처했을 때다. 그러니 페리스가 무리하지 않도록 하기 위해서는 자신이 제대로 페리스의 도움이 되어야 한다. 페리스는 강하고도 약하다.

테테루는 마음을 단단히 먹었다.

"그럼 난 페리스의 훈련을 도와줄까! 매일 함께 달리면 금방 힘이 붙을 거야! 지금부터 시작할래?"

"지, 지금은 무리일 것 같은데요……."

페리스는 꽁무니를 뺐다. 일라이자 선생님은 험악하게 테테루를 보았다.

"어째서 그렇게 팔팔한 건가요? 어제는 바위에 부딪혀 기절했었을 텐데 상처도 보이지 않는군요."

"어? 그 정도는 별거 아니에요. 전에 10층 탑에서 깜빡 떨어졌을 때도 딱히 상처가 없었으니까요!"

"그건 분명 이상하다고요!"

자넷이 말하자 테테루는 머리 뒤로 팔짱을 끼며 느긋하게 웃었다.

"그 정도는 보통이라니까, 보통. 인간은 의외로 튼튼하다고."

"내가 보통이라는 말뜻을 잘못 알고 있는 걸까……."

앨리시아는 머리를 감싸 쥐었다.

일라이자 선생님은 테테루에게 다가가 그 턱을 손가락으로 들어 올렸다. 테테루는 무척이나 험악한 눈빛을 받고서 기가 죽었다.

"왜, 왜요……?"

문양이 그려진 테테루의 얼굴에 당황한 표정이 떠올랐다.

"당신…… 정말로 인간인가요?"

일라이자 선생님은 진의를 살피듯이 물었다.

그날 밤, 페리스가 눈을 뜨니 곁에 앨리시아의 모습이 보이지 않았다.

"앨리시아…… 씨?"

잠들 땐 같은 침대에서 몸을 밀착했었기에 불안해졌다. 평소와 다른 환경에 있는 탓일까, 몸이 약해져 마음마저 약해진 탓일까.

방안을 둘러봤지만 역시 앨리시아는 보이지 않는다. 온도가 느껴지지 않는 침실에 숨죽인 어둠만이 가득했다.

바람이 창문에 부딪혀 기분 나쁜 소리가 났다.

"흐아?!"

페리스는 폴짝 뛰었다. 자신도 모르게 창문에서 멀어져 침대 위에 무릎을 꿇고 앉았다. 아무래도 이미 스스로 움직일 수 있을 정도로 체력이 회복한 듯하다.

"어디…… 가셨나요……?"

페리스는 달빛에 의지해 침대를 내려와 복도로 나갔다.

끼익, 끼익, 발소리가 복도에 울렸다. 복도에 놓인 조각상의 기묘한 그림자가 마치 페리스를 노려보는 것만 같았다. 페리스는 불안해졌지만 그렇기에 더 빨리 앨리시아를 만나고 싶어져서 계속 앞으로 나갔다.

"아…….."

막다른 곳까지 가서 계단에 오르려는 참에 앨리시아의 모습을 발견했다. 앨리시아는 고요한 층계참에서 가만히 서 있었다.

창문에서 드는 푸른 달빛이 귀족 아가씨의 단정한 얼굴을 비췄다. 머리카락 한 올 한 올이 달의 입자처럼 반짝이고 단아한 원피스가 신비로운 분위기를 자아냈다. 당장에라도 밤에 빨려 들어갈 듯이 덧없는 표정. 손은 가슴 앞에서 쥐고 있었다.

'꿈속 세계의 사람 같아요······.'

페리스는 넋을 놓고 바라보았다. 앨리시아를 처음 만났을 때가 떠올랐다. 그땐 거리를 거니는 아가씨를 자신과는 다른 세계의 존재처럼 느껴졌다.

어쩐지 황공해서 말을 걸지 못하고 있으니 앨리시아가 페리스의 기척을 알아차렸다.

"······어머. 깨어났구나."

"뭐 하고 계세요?"

"그냥 조금. 어머님의 초상화를 보고 있었어."

"앨리시아 씨의 어머니······?"

페리스는 앨리시아의 시선을 따라갔다.

층계참의 벽에 걸린 한 장의 커다란 그림. 훌륭한 액자에 담긴 아름다운 귀부인이 웃고 있었다. 금발, 푸른 눈동자, 모성적인 가슴. 자상한 분위기가 앨리시아와 무척 닮았다. 과연 모녀지간이다.

"예뻐요······."

페리스가 감탄하자 앨리시아가 자랑스러운 표정을 했다.

"그렇지? 실물은 훨씬 더 아름다워. 사교계에서 프러포즈한 사람들이 많아서, 어머님의 마음을 사로잡은 아버님은 상당히 많은 원한을 샀다고 해."

"그렇게 인기가 많았군요. 저도 언젠가 만나보고 싶어요!"

마법 학교에 오기 전, 앨리시아의 저택에 있던 시절 그녀를 본 적이 없었다. 분명 여행에 나서서 없었을 것이다.

"그러게…… 나도 만나고 싶어."

"앨리시아 씨의 어머니는 지금 어디 계세요?"

페리스가 물었지만 앨리시아는 쓸쓸하게 미소 지을 뿐이었다.

이틀이 지나니 페리스의 몸도 대부분 회복되어 평범하게 움직일 수 있게 됐다. 하지만 아직 바다에서 헤엄치기엔 불안해서 오늘은 별장에서 조용히 티타임을 보내기로 했다.

"다음은 페리스 차례야! 자, 골라봐, 골라봐."

"으아아…… 잠깐 기다려주세요~."

페리스와 테테루는 작은 테이블에서 카드 게임을.

"자넷, 이쪽 머핀도 맛있어."

"그럼 저도 먹어볼게요."

자넷과 앨리시아는 근처 의자에서 책을 읽고 있었다.

자넷은 평소엔 떠들썩하지만 두 사람 모두 성적의 상위권을 다투는 만큼 책을 읽는 모습도 그럴듯했다. 자넷은 화려한 커버로 책 표지를 가렸지만 그것을 묻는 건 눈치 없는 행동이리라.

"아~ 또 졌어. 페리스, 너무 강하잖아!"

한 게임이 끝나고 테테루가 투덜대며 카드를 섞기 시작했다. 그 손놀림은 경이적인 속도로 가만히 보고 있으면 눈이 어지러워질 정도였다.

며칠 전의 일을 떠올린 페리스는 조심스럽게 물었다.

"저기…… 조금 궁금한 게 있는데요."

"어머, 뭐니?"

앨리시아가 책에서 고개를 들었다.

"그 화산은…… 지맥에서 마력을 끌어와 봉인됐었죠?"

"응, 맞아."

"아, 그건 저도 신경 쓰였답니다. 화산이 분화했다는 것은 봉인이 풀렸다는 뜻이니……."

자넷의 목소리에 불안감이 담겨 있었다.

"그러니까…… 다시 분화할지도 모른다는 거죠……?"

"봉인 마술이 무효가 된 거니 그럴 가능성이 있겠네."

"그럼 어째서 지맥의 마력을 쓸 수 없게 됐는지 조사하지 않으면 위험하지 않을까요……?"

페리스는 만약 다시 분화가 시작된다면 어떡하나 걱정했다. 지난번처럼 어떻게 대응할 수 있으면 다행이지만 그렇지 않으면 커다란 피해가 생길 것이다. 평화로운 해안이 홍련의 지옥으로 변한다. 그것만큼은 반드시 피해야 했다.

"일단 나라의 마술사단에 보고했을 거야. 롯테 선생님들도 그자리에 있었으니 맡겨두면 안심이야."

앨리시아가 달래듯 말했다.

"하, 하지만 마술사단 사람이 언제 올지 모르잖아요. 만약 그 전에 화산이 폭발한다면. 전…… 누가 죽는 건 싫어요."

"우리가 분화의 원인을 조사하러 가자는 거야?"

"네!"

테테루의 물음에 페리스는 기운차게 답했다.

"그렇구나! 재밌겠다!"

"재, 재밌을지 어떨지는 모르겠지만요……."

"분명 재밌을 거야! 엄청 스릴 넘칠 것 같잖아!"

"스릴은 없는 편이 좋은데요……."

평탄하고 행복한 일상이 계속 이어지는 것이 페리스의 바람이다. 그러나 테테루 하바라스카는 주먹을 쥐고서 힘주어 선언했다.

"할머니가 말했어…… 스릴이 없는 인생은 쓰레기 이하의 인생이라고……."

"하바라스카 양의 할머님은 조금 신기하신 분이시군요."

"으응? 내 할머니 아닌데? 길가에서 비둘기에게 먹이를 주며 그냥 지나가던 할머니였어."

"생판 남이잖아요!"

자넷은 눈을 깜박였다. 앨리시아가 페리스의 어깨에 손을 얹었다.

"스릴이 없는 편이 좋다는 건 나도 동감이야. 억지로 화산에 다가가 페리스가 다치기라도 했다간 큰일이니까."

"하지만…… 전 내버려 둘 수 없어요! 화산이 위험하다는 걸 아니까요. 다른 사람이 죽을 뻔했던 걸 봤으니까요!"

페리스는 열심히 호소했다.

"마음은…… 알겠지만……."

표정이 어두워진 앨리시아.

"페리스는 참 자상하다니까! 그래서 좋아!"

"고, 고맙습니다……."

테테루에게 꼭 안긴 페리스는 어색하게 고맙다는 말을 했다.

자신이 자상한지 어떤지는 모르겠지만, 어쨌든 분화가 걱정돼서 참을 수 없다. 모래사장에서 수많은 사람들의 머리 위에 용암이 쏟아진 광경을 떠올리면 심장이 얼어붙을 것만 같다.

자넷이 팔짱을 끼고서 큰 목소리로 말했다.

"뭐 어떤가요! 저희 넷이라면 화산 정도는 아무것도 아니랍니다!"

"네 사람이라면 나도 들어간 거야?"

앨리시아가 물으니 자넷은 뺨을 붉혔다.

"뭐, 그, 그렇네요."

"흐음⋯⋯."

자넷에게 다가가 이상하다는 듯이 얼굴을 들여다본 앨리시아. 가까운 거리에서 빤히 쳐다보자 자넷의 얼굴이 더욱 붉어졌다.

"자, 잠깐만요. 너무 가까이 오지 마세요! 대체 뭔가요?!"

"아니, 딱히. 자넷이 날 동료라고 생각해준 게 기뻐서. ⋯⋯귀엽네."

"다다다다다당신, 절 놀리시는 건가요?!"

"글쎄, 무슨 말일까?"

앨리시아는 장난스러운 미소를 흘렸다. 자칭 라이벌이라며 트집을 잡았던 시절의 자넷도 즐거웠지만, 지금의 자넷을 놀리는 것도 상당히 즐겁다. 자넷과의 거리를 좁혀준 페리스에게 고마울 따름이다.

"으으으⋯⋯."

반면 놀림을 받는 피해자인 자넷은 쓰러질 듯한 수치심에 몸부림쳤다. 아무리 지나도 앨리시아를 당해낼 수 있을 것 같지 않았다.

앨리시아는 페리스 쪽으로 몸을 돌렸다.

"알았어. 그럼 화산을 조사하러 가자. 하지만 너무 위험한 짓은 하면 안 돼. 우리는…… 계속 넷이 함께하고 싶으니까."

마치 감미로운 울림이 있는 말로.

"네!"

페리스는 기운차게 대답했다.

다음 날, 소녀들은 남몰래 활동을 개시했다.

커튼을 닫고 마법 램프가 켜진 침실에서 페리스와 앨리시아가 준비를 마쳤을 때 방문에 작은 노크 소리가 들리고서 천천히 열렸다.

"실례하겠어요……."

"우리 왔어~."

목소리를 죽이고 고개를 내민 것은 자넷과 테테루였다. 두 사람 모두 움직이기 편한 옷을 입고서 작은 가방을 들고 있었다.

"……들어와."

앨리시아가 말하자 자넷과 테테루는 서둘러 페리스 일행의 침실로 들어왔다. 테테루는 침대로 점프해 벌렁 누웠다.

"테, 테테루 씨, 너무 큰 소리 내면 안 돼요!"

"아하하, 미안, 미안. 침대를 보니 해보고 싶어져서."

"하고 싶겠지만요."

페리스는 조심스럽게 복도에서 소리가 나는지 확인했다. 다른 문이 열리는 것 같지 않고 다가오는 발소리도 들리지 않았다.

"누구에게 들키지 않았어?"

앨리시아가 물으니 자넷과 테테루가 끄덕였다.

"완벽해요. 절대로 방에 오지 말라고 어제 스무 번 정도는 일러 뒀으니까요."

"그건 반대로 수상하게 여기지 않을까……."

앨리시아는 불안해졌다. 테테루는 기세 좋게 V사인을 내밀었다.

"난 어제부터 지붕 위에 숨어 있었으니 방을 나가는 모습을 들킬 걱정은 전혀 없어!"

"창문으로 저택에 들어온 걸 들켰을 위험이 있지 않을까……."

친구의 낮은 위기의식에 골치가 아파진 앨리시아. 아니, 위기감 자체는 있지만 그 노력이 전혀 다른 방향으로 돌진해버렸다.

어쨌든 어른에게 이번 계획을 들켜선 안 된다. 분화가 있고 얼마 되지 않은 화산을 조사하러 간다는 것을 들킨다면 하인들이 전력을 다해 말릴 것이다.

"남은 건…… 다니엘라가 무섭네. 현관으로 가려면 다니엘라의 방 앞을 지나야 하고, 다니엘라는 소리에 상당히 민감하니까……."

"창문에서 뛰어내리면 돼!"

"여긴 2층이라고요!"

"제, 제가 미끼가 될 테니까 그사이에 여러분은 도망……."

"그럼 페리스가 붙잡히잖니."

중요한 페리스가 작전에 참가하지 못하는 것은 곤란하다. 만약 화산에 이변이 발생한 경우 몸을 지키는 것도 어렵다. 앨리시아는 대책을 고민한 끝내 자넷의 손을 두 손으로 쥐었다.

"자넷…… 힘내줘."

"제게 미끼가 되라는 말인가요?! 저만 따돌릴 생각이신가요?!"

"자넷이 집에서 기다려준다고 생각하면 열심히 할 용기가 생겨."

"그런 허울 좋은 말에 속지 않아요!"

자넷은 경계심을 드러내며 문과 가장 가까운 곳에서 앨리시아를 노려보았다. 어깨를 들썩이며 짐을 안고서 결코 남겨지지 않겠노라 경계했다.

그것을 본 테테루가 손을 크게 흔들었다.

"저요, 저요~. 내가 미끼가 될게. 다니엘라 씨하고는 한 번 술래잡기를 해보고 싶었어. 그 유명한 수신 전쟁의 영웅이니까!"

"수신 전쟁……?"

페리스는 고개를 살짝 갸웃했다.

"이길 수 있으시겠어요?"

"무승부가 될지도!"

"꼭 따라와야 해."

"알았어~!"

테테루는 창문을 열고서 가볍게 지면으로 뛰어내렸다. 그대로 건물을 따라 다니엘라의 방 쪽으로 달렸다. 창가에서 주의를 끌어줄 모양이다.

"……가자."

"네!"

"뛰세요!"

앨리시아와 페리스와 자넷은 가방을 들고서 방을 나섰다. 되도록 발소리가 나지 않도록, 그러나 최대한 서둘러 복도를 달렸다. 계단을 내려가 현관 홀로 돌입했을 때 먼 곳에서 다니엘라의 다급한 목소리가 들렸다.

"야! 거기서 내려와! 위험하잖아! 진짜 위험하다니까!"

어쩐지 무슨 상황인지 알 것 같은 앨리시아. 미안해, 하고 마음속으로 사과하면서도 이 기회를 놓치지 않고 현관을 빠져나왔다.

정원을 지나 정문을 나서 해안 쪽으로 걸으니 조용한 파도 소리가 들려왔다.

후미진 곳에 설치된 얕은 다리에 작은 보트가 매여 있었다. 흔들릴 때마다 배가 다리에 부딪혀 삐걱거렸다.

"별장의 보트는 이거야. 별장에 있는 사이에는 마음껏 써도 된다고 하셨으니까 그 말에 따르기로 하자."

"보트의 양옆에 있는 건 지느러미일까요……?"

"정말 물고기 지느러미와 비슷하네…… 뭘까……?"

"어떻게 움직이는 걸까요?"

뱃놀이를 해본 적이 없는 아가씨 두 명과 바다를 본 적 없었던 노예 출신 소녀는 고민에 빠졌다. 앨리시아와 자넷은 보트가 움직이는 모습을 멀리서 본 적은 있지만 그렇다고 그 방식까지는 모른다.

세 사람이 모두 고민하고 있을 때 다니엘라를 뿌리친 테테루가 달려왔다.

"다들 무슨 일이야? 그렇게 복잡한 표정을 하고서는."

"테테루……. 보트가 어떤 마술로 움직이는 거였지?"

앨리시아는 진지했다.

"마술 아닌데? 노를 저어 움직이는 거야."

테테루는 보트에 올라 좌우의 노를 가볍게 흔들어 보였다. 노에 물을 밀어내자 보트의 선체가 앞으로 나갔다.

"……아아!"

페리스도 자넷도 앨리시아도 순식간에 구조를 파악했다. 다들 마법 학교에서 톱 클래스 성적을 거두는 만큼 두뇌 회전도 무척이나 빠르다.

테테루가 배를 고정한 밧줄을 풀자 소녀들은 보트에 올랐다.

되도록 선체의 중심에 짐을 두고서 바다에 떨어지지 않도록 안정시켰다. 쿠키와 우유로 간단한 식사를 마쳤지만 언제 돌아올지 알 수 없으니 도시락으로 와플과 차도 가방에 넣어두었다.

"출발이에요!"

페리스는 좌우의 노를 쥐고서 전력으로 저었다. 얼굴이 새빨개질 정도로 열심히 저었지만 익숙하지 않은 탓에 보트가 생각만큼 앞으로 나아가지 않았다.

테테루가 걱정스러운 듯이 물었다.

"내가 저을까? 페리스는 병이 나은지도 얼마 안 됐잖아."

"괜찮아요! 제가 화산에 가고 싶다고 말했으니까 열심히 할게요!"

페리스는 그렇게 주장했지만 가느다란 팔의 한계인지 점점 속도가 떨어졌다. 유난히 물방울이 튀는 등 보기엔 화려했지만 그뿐이었다. 페리스는 금세 지쳐버려 숨을 몰아쉬며 보트에 드러눕게 됐다.

"어쩔 수 없군요! 제가 대신 저어드리겠어요!"

자넷은 기쁜 듯이 노를 받아들자 페리스가 순식간에 다운됐다. 마석 광산에서 혹사당하던 페리스조차 힘들었는데 마술에 특화된 양갓집 규수라면 당연한 결과다.

"저는 이제…… 라인츠리히의 이름을 댈 자격이 없어요……."

자넷은 보트에 엎드려 굴욕에 떨었다.

"괜찮아. 자넷이 노력한 건 잘 알겠으니까……."

앨리시아가 자넷의 등을 쓰다듬으며 위로했다.

"역시 네가 할게!"

결국 테테루가 노를 저으니 보트가 부드럽게 바다 위를 미끄러지기 시작했다. 노가 리드미컬하게 앞뒤로 움직이고 물이 가볍게 저어졌다.

계속해서 흐르는 경치에 페리스가 일어났다.

"테테루 씨, 굉장해요! 쑥쑥 앞으로 나가요!"

"헤헤, 물새를 잡을 때 제법 탄 적이 있거든. 어딜 갈 거야? 이대로 옆 대륙까지 갈래?"

"화산까지 부탁드려요!"

"알았어!"

테테루가 두 팔에 힘을 주니 보트의 속도가 더욱 빨라지더니 배의 바닥이 바다에서 떠오른 것처럼 달리기 시작했다. 배가 물을 가르며 물방울이 튀었다. 모래사장 쪽에는 놀라며 보트를 가리키는 사람들의 모습이 보였다.

"흐아, 기분 좋아요!"

상쾌한 바람과 물방울에 페리스는 환호성을 질렀다. 분화를 조사한다는 위험한 볼일이지만 그런 것을 느끼게 하지 않을 정도로 하늘과 바다의 푸름이 선명했다.

이윽고 바다 건너의 화산이 가까워져 소녀들의 시야를 점령했다. 이렇게 보니 정말 크다. 황토색 산맥이 드러나 있고 해안선을 따라 약간의 식물이 자랐다.

며칠 전 페리스가 사용한 마도 덕분에 분화는 멈췄지만 아직 분화구에서 어스름한 연기가 나오고 있었다. 둔탁한 땅울림 소리도 들려왔다.

"어, 어쩐지 무서워요……."

"우르릉거리네. 이제 몇 초면 폭발할까?"

"초?! 그렇게 빠른가요?!"

페리스는 부르르 떨었다.

"페리스를 너무 겁주지 마세요!"

"겁주지 않았어. 두근거리는 거라고!"

"이런 상황에서 잘도 두근거리네요……."

테테루의 듬직함에 자넷은 황당했다.

"우선 화산 주변을 돌아볼까? 위까지 올라 조사하는 편이 좋을지도 모르지만…… 가능하면 화구에 다가가고 싶지 않네."

끄덕끄덕, 페리스가 끄덕였다. 어쨌든 산이 폭발하는 것은 두렵다. 노예 시절, 집(마석 광산)이 터졌을 때의 트라우마가 되살아날 것 같다.

"테테루, 부탁해."

"알았어!"

테테루가 노를 저어 화산 바깥을 따라 보트를 움직였다. 모래사장과 반대쪽까지 왔을 때 커다란 부채를 부치는 듯한 소리가 들렸다.

그리고……『그것』의 모습이 드러났다.

비명을 지른 페리스. 앨리시아도 자넷도 눈을 크게 뜨고 화산을 바라보았다.

거대한 모기처럼 생긴 생물이 산의 중턱에 달라붙어 있었다. 크기는 마차나 집보다도 컸고 긴 다리에 난 무성한 털이 그로테스크했다. 온몸을 떨며 보라색 날개를 천천히 꿈틀댔다. 입에서 뻗은 침을 화산에 꽂고 계속해서 무언가를 빨아들였다.

생물의 머리가 180도 회전해 기묘한 겹눈이 소녀들을 포착했다. 거슬리는 소리와 함께 생물의 날개가 빠르게 진동했다. 날개에 난 침이 엄청난 속도로 발사되어 보트로 날아들었다.

"까아아아아아악?!"

"뭔가 날아온다고요!"

"전속 이탈!"

테테루는 엄청난 기세로 노를 저어 보트를 몰았고, 그녀의 피부 문양이 붉게 빛났다. 필사적으로 화산을 돌아들어 후미진 곳으로 들어가 정체불명의 생물로부터 몸을 숨겼다.

소녀들은 보트의 중앙으로 모여 조용히 숨을 죽였다. 어디선가 생물의 날갯소리가 들려왔다. 페리스는 밀착한 누군가의 고동이 점점 빨라지는 것을 느꼈다. 생물의 모습은 생리적으로 받아들일 수 없었지만 다 함께 붙어 있으면 조금은 든든했다.

앨리시아가 속삭였다.

"그 생물, 마법 생물 사전에서 본 적이 있어……. 세르기누스 프로론테누스…… 통칭 『지맥 사냥꾼』이야."

"지맥 사냥꾼……이 뭐야?"

테테루가 물었다. 그렇게나 팔을 혹사했으면서도 호흡이 거칠어지지 않았다. 정말 대단한 육체파다.

"지맥에 기생해서 마력을 빨아들이는 마물이야. 정확하게는 커스드 아이템의 일종이지. 어둠의 장기에 침식된 연금 공방에서 만드는 인공 생물이라 자연계에는 없을 텐데……."

의아해하는 앨리시아를 보고서 생각에 잠긴 자넷.

"그러니까 누군가가 만들어 일부러 화산에 기생하게 했다는 뜻이군요. 그리고 화산의 봉인 마술에 흘러들 마력이 부족해져서 분화했다는 거고요."

"그럴 수가……."

페리스의 얼굴이 창백해졌다. 어째서 그런 짓을 하는 마술사가 있는지 전혀 알 수 없었다. 많은 사람이 분화에 희생될 뻔했었다.

"일단 조사는 끝났어. 나라의 마술사단에 보고해서 토벌해달라고 부탁하자."

"그, 그럼 너무 늦을 것 같은데요. 만약 다시 분화가 일어난다면 큰일일 것 같아요……."

"지맥 사냥꾼은 S랭크 토벌 대상이야. 함부로 손을 대는 건 좋지 않아."

물론 앨리시아도 페리스가 얼마나 강한지 충분히 알지만, 굳이

이 작은 여자아이가 위험에 처할 필요는 없다고 생각한다. 그것이 어른의 책임이다.

페리스는 주먹을 쥐었다.

"하지만…… 전 내버려 둘 수 없어요! 누군가가 위험에 처할지도 모르는데 이대로 돌아가는 건……!"

"페리스……."

앨리시아는 곤란해졌다. 페리스의 마음도 이해하지 못하는 것은 아니다. 앨리시아도 위험한 존재를 못 본 척하는 것은 당연히 싫다. 그러나 입장이라는 것이 있다. 앨리시아는 자신을 페리스의 보호자라고 생각하기 때문이다.

테테루가 낙천적으로 웃었다.

"해봐도 괜찮지 않을까? 여차하면 내가 전력을 다해 노를 저을 테니까! 어떻게든 도망치는 것 정도는 할 수 있지 않겠어?"

"모두의 힘을 모으면 괜찮을 거랍니다!"

"자넷이 그런 말을 할 수 있게 되다니…… 신기하네."

앨리시아가 속삭이자 자넷은 귀를 붉혔다.

"서, 서로를 이용할 뿐이에요! 이해가 일치했을 뿐이라고요!"

그런 식으로 큰소리쳤지만 지맥 사냥꾼을 쓰러뜨려도 소녀들은 얻는 것이 없으니 변명으로 삼기에 무리가 있다. 자신도 모르게 실언한 자넷은 몸을 웅크리고 몸부림쳤다.

"……그럼 신중하게 가자. 먼저 뒤에서 다가가서 선수를 치는 게 좋겠어."

"알았어! 스텔스 모드로 GO!"

"……스텔스 모드?"

테테루가 보트를 몰기 시작하고 페리스는 멍하니 고개를 갸웃했다.

보트가 후미진 곳에서 나와 화산의 반대쪽을 돌아갔다. 노를 바다 위로 나오지 않게 저어 물보라가 적게 튀기에 소리가 작았다. 그렇게 얼마 후 산에 붙어 날개를 쉬고 있는 지맥 사냥꾼의 뒷모습이 보였다. 자넷이 지팡이를 들고서 힘주어 언령을 읊었다.

"넘치는 바람이여, 날아올라 날뛰어 때려 부수어 어리석은 연민을 단절하라…… 액티벌 스톰!"

마법진이 전개되어 마술이 폭풍을 만들어냈다. 주변 바닷물을 흡수하듯 휘몰아치며, 폭풍의 나선이 지맥 사냥꾼에게 급박했다. 그러나 맞지 않았다. 기척을 느꼈는지 지맥 사냥꾼은 경이적인 기동력으로 공격을 피해 보트에 날아들었다. 시끄러운 날갯소리. 그 풍압이 바다를 밀치며 잔물결이 물을 경련시켰다.

"이쪽으로 오지 마시라고요!"

자넷은 다음 마술을 쏘려 했지만 그보다 먼저 앨리시아가 언령을 읊었다.

"사나운 불꽃이여, 만물의 적이여, 저자를 불태워라…… 드라고나드 플레임!"

지팡이 끝에 마법진이 펼쳐져 불꽃이 드래곤 형태가 되어 쏘아졌다. 불꽃의 혀가 꿈틀대고 바다를 증발시키며 질주했다. 이쪽으로 다가오던 지맥 사냥꾼은 허를 찔렸다. 뛰어난 속도가 오히려 화가 되어 갑자기 방향을 전환할 수 없었다.

둔탁하고 묵직하게 직격된 소리가 울렸다. 불꽃이 튀고 지맥 사냥꾼이 추한 비명을 질렀다.

"오~! 앨리시아 굉장해!"

"한 발이라면 피할 수 있어도 두 발 연속은 힘들었던 모양이야. 틈을 주지 말고 계속 가자!"

"저, 저도 그쯤은 처음부터 알고 있었답니다!"

"잔뜩 쏠게요!"

소녀들은 지맥 사냥꾼을 일제히 공격했다.

바다 위로 울려 퍼지는 폭발음, 연속으로 솟구치는 물기둥. 바닷물이 안개가 되어 주위를 채워 소녀들의 옷을 흠뻑 적셨다. 소금기 때문에 눈이 아팠지만 비비거나 닦아낼 여유는 없었다. 조금이라도 빈틈을 보인다면 잡아먹힌다, 아마 저 침으로 온몸에서 마력을 빨려서는…… 하는 공포가 일행을 쉽게 놔두지 않았다.

지맥 사냥꾼은 시끄러운 작은 생물을 짓이기려 다가왔지만 테테루가 보트를 빠르게 회전한 덕분에 따라잡히지 않았다. 몇 번이고 침이 소녀들을 스쳤고 지맥 사냥꾼의 몸에는 상당한 대미지가 축적됐다.

"잘 풀리고 있군요! 이 기세로 밀어붙이겠어요!"

"다들 힘내~!"

자넷과 테테루가 밝은 목소리로 말했다.

그러나 다음 순간, 지맥 사냥꾼은 급강하해 바다로 돌입했다. 엄청난 물보라와 함께 마물이 물속으로 들어갔다. 날개를 고속으로 회전시켜 물을 저었다.

"헤엄칠 수 있어?!"

테테루가 깜짝 놀랐다. 테테루뿐만이 아닌 모든 소녀들이 놀랐다. 아무리 봐도 비행 타입인 생김새인데도 물속에서도 싸울 수 있다는 것은 너무나도 비겁하다. 무엇보다 이곳은 화산에서도 제법 떨어진 바다, 그리고 이쪽은 작은 보트 한 척밖에 없다.

"이상하네…… 책에는 지맥 사냥꾼이 헤엄칠 수 있다고 쓰이지 않았는데…… 진화해버린 걸까……?"

앨리시아는 고개를 갸웃했다. 지맥 사냥꾼이 물 위로 떠오르지 않았다. 아까까지 거칠었던 바다가 물거품 같은 꿈이었던 것처럼 주변이 조용했다. 그렇다고 평화로운 분위기가 아니라 기분 나쁜 침묵이 페리스의 가녀린 어깨를 짓눌렀다.

"이, 이제 나오지 않을까요……?"

페리스는 조심스럽게 물었다. 가능하면 그랬으면 좋겠다. 마물도 생명이 있는 존재, 나쁜 짓을 하지 않으면 퇴치할 필요가 없고 그러는 것이 제일이다.

그러나 앨리시아는 고개를 저었다.

"기회를 엿보고 있을 거야. 우리가 방심한 틈을 노려 아래에서 보트를 뒤집을 생각이 아닐까?"

"아아아아래에서?!"

자넷은 자신도 모르게 보트의 끄트머리를 붙잡았다. 헤엄도 못 치는데 바다에 빠졌다간 큰일이다. 페리스에게 한심한 모습을 보이고 싶지 않아 필사적으로 태연한 척했지만 완전히 엉거주춤한 자세였다.

네 사람은 보트 위에서 수중을 경계했다. 언제 공격해올지 알 수 없으니 잠시도 방심해선 안 된다.

극도의 집중을 오랫동안 유지하는 것은 상상 이상으로 기력과 체력을 소모하는 행위였다. 직사광선과 해수면에 반사된 빛이 소녀들의 피부를 그을고 조금씩 생기를 빼앗아갔다. 배가 고파도 가방을 여는 것조차 두려웠고 긴장한 탓에 목이 말라왔다.

"으으…… 지쳤어요……."

인내심의 한계에 달한 페리스는 갑판에 주저앉았다.

"내가 들어가서 지맥 사냥꾼을 유인할까?"

"너무 위험하잖아요!"

"괜찮아, 괜찮아. 한 시간 정도라면 숨을 참는 것도 괜찮으니까."

"아무리 그래도 그건 농담이겠죠?!"

"숨을 참는 것도 위험할 것 같아. 아무리 테테루라 해도 물속에선 따라잡힐 테고……."

"그럼 낚싯대 끝에 날 매달아서 미끼 대신 써보는 건?"

"당신은 정말 그래도 괜찮은 건가요?!"

"괜찮아~."

명랑한 테테루. 그러나 다른 아이들은 소중한 친구를 미끼로 삼아 바다에 던지는 것은 무척이나 거부감이 들었다. 애초에 낚싯대도 없다.

"바다에 마법을 쏘아서 끄집어내는 편이 좋지 않을까? 물의 흐름을 만들면 숨을 수 없게 되어 모습을 드러낼 거야."

"제 차례라는 거로군요! 앨리시아가 잘하는 마술은 불꽃 계열이니 바닷속까지 공격하는 건 무리니까요! 바다에서 싸우는 건 큰일이니까요!"

자넷은 어쩐지 사령탑같이 된 라이벌에게 대항해 자신의 능력을 어필했다. 분명 분해할 거라고 기대한 자넷이지만.

"그래. 자넷, 기대할게."

"기, 기대라니, 그런 말을 라이벌에게 가볍게 하는 게 아니라고요!"

간단하게 받아들이면 대응하기 어렵다.

"자넷은 나보다 마력량도 많으니 적임이라고 생각해. 지맥 사냥꾼이 숨을 수 없도록 자넷의 힘으로 깜짝 놀라게 해줘."

"그렇게까지 칭찬하니 보여드릴 수밖에 없겠군요! 제 힘을! 예부터 광란의 마술사라 불리며 두려움을 산 라인츠리히 일족의 두려움을!"

순식간에 넘어간 자넷. 보트에서 떨어질 것 같으면서도 갑판에 힘을 주어 중심을 잡고서 순백의 지팡이를 들었다. 강렬한 햇살이 반짝이며 샘솟는 마력의 흐름에 뺨이 붉어진 모습은, 단적으로 말해 아름다웠다.

여기에 만약 누군가가 있어서 그녀를 본다면 완벽한 미소녀 마술사라고 평가했을 것이다. 자넷이 힐끔 페리스의 반응을 신경 쓰는 것을 깨닫지 못한다면 말이지만. 용모단정, 재색겸비, 집안도 초일류인데도 여러모로 안타까운 아가씨다.

'후후후…… 페리스, 제 멋진 모습을 마음껏 지켜봐 주세요!'

그런 생각을 하는 머릿속은 더욱 안타까울 따름이다. 그러나 겉만 보면 전혀 알 수 없으니 페리스는 솔직하게 존경의 눈빛을 보냈다.

"힘내세요, 자넷 씨!"

가슴 앞에서 주먹을 쥐고서 보내는, 너무나도 사랑스러운 응원.

'전력으로 힘낼 수밖에 없겠네요오오오오!'

자넷의 정신 에너지는 단번에 극한으로 치달았다. 그리고 마술사의 능력이라는 것은 그 정신 상태에 크게 의존하는 법이다.

"자넷의 마력이 계속 높아지고 있어?!"

"이건…… 너무 위험해! 이대로 가다간 매개체인 지팡이가 견딜 수 없어……!"

테테루와 앨리시아의 눈앞에 자넷의 아름다운 몸에서 나온 에메랄드그린의 마력이 지팡이로 흘러들었다. 아니, 쏟아들었다.

자넷은 날카롭게 바다를 노려보고서 또렷한 목소리로 읊었다.

"나는 노래, 나는 하늘. 허무를 엿보고 심연을 재판하는 자. 내 손이여, 외쳐라. 만상의 섭리를 뒤집어라. 아스트랄 블레이드!"

하얀 지팡이에서 마법진이 펼쳐지더니 바람이 기둥이 되어 바다에 꽂혔다. 광풍, 선회, 혼돈의 폭발. 엄청난 기세로 바닷물이 말려 올랐고 물고기가 하늘을 날았다. 성난 지맥 사냥꾼이 날갯소리를 울리며 급부상했다.

"왔다, 왔어! 지금이야!"

"마소 씨……."

"페리스, 마소를 직접 다루는 건 안 돼!"

두 손을 들고서 평범하게 마도를 사용하려던 페리스에게 앨리시아가 다급히 주의를 주었다. 이번에도 마력을 지나치게 사용해서 쓰러지기라도 한다면 큰일이다.

"으아아, 죄송해요!"

페리스는 다급히 말을 삼키고 스읍 숨을 들이마시고서는.

"빛나라 뇌광, 내 적을 물리쳐라! 버스트 로드!"

세계가 흔들리며 작은 손바닥에서 거대한 번개가 쏘아졌다. 갈라지며 팽창하고는 공기를 달구며 지맥 사냥꾼의 몸에 박혔다.

지맥 사냥꾼이 비명을 질렀다. 여섯 장의 날개 중 두 장이 타버리고 마물의 몸이 비틀댔다.

"해냈어요! 페리스, 통했다고요!"

"이제 얼마 안 남았어! 한 번 더 쏴버려!"

"네!"

소녀들이 환호했을 때였다. 마물의 겹눈에 이상한 빛이 깃들더니 온몸에서 장기가 뿜어졌다. 지맥 사냥꾼은 포효한 다음 보트를 향해 돌진해왔다. 테테루는 서둘러 보트를 돌리려 했지만 너무 늦어버렸다.

"꺄아악?!"

지맥 사냥꾼의 몸이 배에 충돌해 페리스가 바다로 떨어졌다.

물이 폐로 밀려들었다. 무거운 바닷물이 몸을 휘감자 페리스는 발버둥 쳤다. 어떻게든 물 밖으로 고개를 내밀었지만 금세 다시 잠겼다. 보트가 멀어져갔다.

페리스는 어둡고 차가운 물에 빠지며 바닷속으로 떨어졌다. 손발이 도움이 되지 않았다. 무력감이 더욱 온몸의 힘을 빼앗아갔다.

앨리시아의 충고를 듣지 않은 탓에 이렇게 됐다고 생각했다. 무모한 짓을 한 자신이 나쁘다. 이것은 당연한 응보다.

'죄송해요…….'

페리스가 마음속으로 중얼거렸을 때, 힘없이 눈을 감으려 한 그때였다. 페리스의 손이 붙들려 당겨졌다.

'어? 어?'

누군가가 페리스를 데리고 헤엄쳤다. 강한 스트로크. 바닷물이 가볍다. 페리스는 상대의 얼굴도 확인할 수 없이 당황한 사이에 바다 위까지 끌어올려졌다.

"푸하아!"

신선한 공기를 잔뜩 들이마셨다. 태양의 햇살이 눈부셨다. 페리스를 확실하게 안고서 헤엄치는 사람은…… 자넷이었다.

"자넷, 너 헤엄치지 못하지 않았어?!"

보트에서 앨리시아가 놀라며 물었다.

"어, 어머?! 정말이잖아요?! 이게 어떻게 된 거죠?!"

더 놀란 당사자.

"페리스, 제가 헤엄치고 있어요! 제가 헤엄치고 있다고요!"

"네! 고맙습니다! 폐를 끼쳐 죄송해요."

자넷은 풀이 죽은 페리스를 열심히 지탱해주었다.

폐는커녕 이렇게 페리스를 구해줄 기회가 생겨 반대로 고마워하고 싶을 정도였다. 지금이라면 아무리 페리스를 힘껏 껴안아도 문제가 되지 않고 부끄럽지도 않다. 자신의 팔로 작은 몸을 지킨다는 느낌이 너무나도 행복했다.

"신경 쓰지 않아도 괜찮답니다! 그보다 빨리 보트로 돌아가죠!"

지맥 사냥꾼은 날갯소리를 울리며 다시 보트로 돌진해왔다. 제법 머리가 좋은지 보트만 망가뜨리면 소녀들을 죽일 수 있다고 이해하는 모양이다. 만약 그렇게 되면 페리스도 물에 빠져 죽을 것이다.

'내가 힘내야 해!'

자넷은 마음을 굳게 먹었다. 지금은 페리스의 사랑스러운 감촉을 즐길 때가 아니다. 전력으로 손발을 움직일 때다. 어떻게 해서든 페리스를 죽게 내버려 둬서는 안 된다. 이 작은 몸을 놓아서는 안 된다.

자넷의 아름다운 몸이 바다에서 춤췄다. 늘씬한 손발이 부드럽게 물살을 갈랐다. 젖은 머리카락이 물방울을 튀기며 반짝였다.

'자넷 씨…… 멋져요…….'

페리스는 남몰래 그렇게 생각했다. 단단히 안아주는 자넷의 팔이 듬직했다. 그러나 그 마음을 입 밖으로 꺼내지 않고 자넷의 팔을 꼭 안았다.

그것은 정답이었다. 만약 솔직하게 말했더라면 자넷은 정신을 잃고 헤엄칠 수 없게 됐을 테니까.

테테루가 보트를 몰아 지맥 사냥꾼의 공격을 피하며 페리스 일행에게 다가갔다. 앨리시아가 내민 손을 페리스가 붙잡았고 자넷은 페리스의 엉덩이를 밀어 갑판으로 올려주었다.

"자, 페리스! 저 커다란 괴물 모기를 쓰러뜨리자고요!"

"네!"

페리스는 비틀거리면서도 일어나 두 팔을 머리 위로 뻗고서 큰 목소리로 언령을 읊었다.

"몹시 깊은 물이여, 악한 생명의 도가니여. 그 근원을 드러내 정숙의 태풍에 휩싸여라…… 마지널 벡터라이즈!"

물과 바람의 복합 마술.

언령의 경로를 통했지만 가공할 마력으로 깨어난 마법진이 상공에 펼쳐져 마소에 간섭했다. 주변에 두루 존재하는 마소가 일어나 현상을 일으켰다.

바다에서 대량의 회오리가 생겨나 지맥 사냥꾼을 공격했다. 그 하나하나가 고속으로 회전해 내부에 바닷물과 물고기가 휘말렸다. 회오리 사이에는 보랏빛 번개가 튀었다.

그것은 마치 바다 그 자체가 고개를 들고 주둥이를 벌린 것만 같았다. 바다의 압도적인 물량 앞에 지맥 사냥꾼의 거구가 작게만 보였다.

바다가 공격해 마물의 몸을 농락했다. 지맥 사냥꾼은 필사적으로 회오리에서 탈출하려 했지만 당해낼 수 없었다. 번개를 동반한 회전이 다리를 찢고 날개를 뽑았다.

지맥 사냥꾼은 조금씩 바다로 끌려들어 그 바닥으로 잠겨 들었다. 그 위에서 소용돌이가 겹쳐지며 암흑의 심연으로 마물을 찌부러뜨렸다. 회오리가 사라지고 평온한 바다로 돌아왔다. 거칠었던 해수면은 잔물결이 남았을 뿐 지맥 사냥꾼이 떠오를 기척은 없었다.

"끝났……어요……."

살짝 숨을 내쉰 페리스.

"이걸로 이제 안심이군요뽀글뽀글……."

"자넷 씨이이이이이이?!"

힘이 다했는지 침몰하기 시작한 자넷의 몸을 페리스가 깜짝 놀라 안아 올렸다. 배의 끝에 힘을 주고 서서 자넷을 빠뜨리게 하지 않겠노라 힘을 주어 안았다.

그런 상황도 기뻐진 자넷. 아무래도 페리스를 구하려 필사적이었기에 일시적으로 헤엄칠 수 있었을 뿐, 맥주병 자체는 달라지지 않은 듯하다.

페리스는 열심히 자넷을 끌어올리려 했지만 완력이 부족했다. 근본적으로 체격이 다른 탓이다. 페리스까지 함께 바다에 떨어질 것만 같았다.

"자넷, 잡아!"

보다 못한 테테루가 손을 내밀어 가볍게 자넷을 끌어올렸다.

"하아…… 하아…… 한심한 모습을 보였네요……."

자넷은 갑판에 손을 대고서 거친 숨을 몰아쉬었다. 차가워진 하얀 피부, 살짝 물든 뺨. 아름다운 곡선을 그린 몸에 옷이 붙었고 뾰족한 턱에 맺힌 물방울이 요염했다. 페리스는 그런 자넷을 보고서 다시금 아름다운 사람이라고 생각했다.

"저, 저기…… 고맙습니다, 자넷 씨……. 구해주셔서……."

"후후, 당연한 일을 했을 뿐이랍니다."

쿨하게 머리카락을 넘기면서도 사실 페리스에게 감사의 눈빛을 받아 하늘로 날아오를 것만 같은 자넷.

'이걸로 페리스의 평가가 상당히 올랐어요! 포인트를 대거 습득했어요!'

속으로는 그렇게 만세를 불렀다.

"자넷은 정말 열심히 했어. 누군가를 지키기 위해 맥주병인 것도 잊고서 바다에 뛰어드는 바보 같은 짓은 보통 할 수 없으니까."

"그거 칭찬하는 건가요……?"

"물론 칭찬이지."

앨리시아는 손바닥으로 품위 있게 입가를 가리며 어깨를 들썩였다.

"그거 칭찬 아니죠?! 웃고 있는 거죠?!"

"기분 탓이야."

"기분 탓이 아니라고요! 그 손을 떼 보세요!"

자넷이 앨리시아에게 달려들어 배 위에서 다툼이 벌어졌다. 보트가 휘청휘청 흔들리자 테테루가 다급히 노로 중심을 잡았다.

"지맥 사냥꾼은…… 어떻게든 됐지만요……."

페리스에겐 아직 해야 할 일이 있었다.

"화산 봉인이지. 지맥 사냥꾼을 기생하게 한 범인이 누구인지는 모르겠지만 다시 같은 행동을 저지를 테니……."

앨리시아는 복잡한 얼굴로 생각에 잠겼지만 몸 위로 자넷이 올라탄 상황이었기에 진지함이 부족했다.

"차라리 확 화산을 부숴버릴까? 그럼 분화되지 않을 것 같은데."

"그건 지나친 행동인 것 같은데요!"

"화산이 사라지면 해수욕도 할 수 없게 돼서 이 주변 도시가 망할 것 같네."

"아~ 해수욕이 할 수 없게 되는 건 곤란하네……."

테테루도 복잡한 얼굴로 대책을 생각하기 시작했다.

"……두 번 다시 화산에 다가가지 못하도록 주변에 결계를 쳐두면 될 것 같아요. 지맥 사냥꾼도 퇴치되지 않을 테고요."

"저런 커다란 걸 결계로 감쌀 수 있을까요……?"

"……해볼게요!"

페리스는 추위에 떨며 젖은 두 팔을 들었다. 결계 마술에 다른 계열의 언령을 조합해 몇 겹의 봉인을 설치하는 술식을 구성했다.

"견고한 장막이여, 바람과 번개의 종언인 새장이여, 나타나라…… 블레스드 생추리!"

거대한 빛의 고리가 화산의 상공에 나타났다.

대성당의 어느 방에서 촛불이 흔들렸다.

창문도 없고 먹먹한 어둠이 지배하는 공간의 중앙에 로브 차림의 술사가 서 있었다. 움푹 파인 안구가 포착한 것은 바닥에 그려진 마법진이었다. 불길한 문양과 고대 문자들이 암흑 속에서 빛났다.

술사의 뒤로 뚜벅, 뚜벅, 이상할 정도로 규칙적인 구두 발소리가 울렸다. 신음하는 듯한 혼잣말, 혹은 주문, 그리고 영약이 쉰 냄새도 점점 다가왔다.

"……무슨 일이 있었나?"

뒤에서 동포가 묻자 술사는 돌아보지도 않고 답했다.

"……지맥 사냥꾼에게서 공급되던 마력이 마법진으로 흘러오지 않게 됐다."

"마법진의 일부가 부족했던 건 아닌가?"

동포는 술사의 옆에 섰다. 술사는 고개를 저었다.

"아니, 마법진에는 문제없다. 아마 지맥 사냥꾼이 사라졌을 테지."

"그 마물을……? 마술사단에게도 처리당하지 않도록 강력한 방어 마술을 걸어뒀을 텐데. 지능도 올리고 잠수 능력까지 부여하고……."

의아해하는 목소리. 주름 가득한 손으로 울퉁불퉁한 지팡이를 만졌다. 지팡이에는 깊은 상처가 몇 겹이고 새겨져 있었고 검붉은 얼룩이 들러붙어 있었다.

"상당한 고위 마도사가 우리의 사명을 방해하는 거겠지."

"호오……. 한번 만나보고 싶군."

"그래, 만나보고 싶지……. 마땅한 보답을 준비해서 말이야……."

술사는 마법진을 응시하며 무언가에 홀린 듯이 중얼거렸다.

제13장 『딸기 채집』

페리스 일행이 별장으로 돌아왔을 무렵엔 태양도 상당히 저물어 있었다.

흠뻑 젖어서 돌아가면 하인들이 깜짝 놀랄 테니 옷을 말려야 하고 조용히 보트를 되돌려 놓기 위해선 멀리 돌아가야만 해서 예상 이상으로 시간이 걸렸다.

"아, 아직 저녁 식사 시간은 안 됐겠죠?"

"아마 괜찮을 거라고 생각해."

"때마침 요리하는 냄새가!"

"옷이 해초로 따끔따끔해서 빨리 갈아입고 싶어요!"

하인이나 다니엘라를 만나 의심받기 전에 방으로 도착해야 한다. 페리스 일행은 발소리를 죽이고 별장의 어두운 복도를 걸었다.

창문으로 보이는 하늘은 햇빛의 잔향이 조금 남아 있지만 이미 대부분 남빛 장막이 드리워져 있었다.

벽에 걸린 마법 램프는 아직 불이 켜지지 않아 현실과 환상의 경계가 옅어진 듯한 분위기가 복도를 채웠다.

"……흐에?"

앨리시아의 뒤를 따라가던 페리스는 문득 발을 멈췄다.

복도 너머 조금 떨어진 곳에 어떤 소녀가 서 있었다.

커다란 모자에 단아한 얼굴. 아팠던 페리스 곁에 있어준 적도 있던 그 소녀다. 창가에 손을 올리고 경치를 바라보는 소녀의 아름다운 금발이 바람에 흔들렸다.

소녀가 창밖을 가리키며 꽃잎 같은 입술을 움직였다. 무언가를 전하려 하지만 멀어서 목소리가 들리지 않았다.

거리가 아닌 존재가 먼 듯한 기묘하고 안타까운 느낌. 페리스는 집중해서 소녀의 입술 움직임을 읽었다.

"검, 은, 이……?"

그렇게 말하는 것 같았지만 무슨 뜻인지 알 수 없었다.

"검은 이……? 제 이는 검지 않아요."

페리스는 고개를 갸웃했다.

"저기, 페리스…… 누구하고 얘기해?"

테테루가 알 수 없다는 듯이 물었다.

"저 아이요."

"저 아이라니 누구 말이니?"

"왜, 저기 있는 예쁜 여자아이요."

"아무도 없는데요?"

"있어요! 제가 아팠을 때도 곁에 있어준 아이에요!"

페리스는 창가의 소녀를 가리키며 말했다. 확실히 존재하는데 어째서 다른 사람들은 알아주지 않는 것인지 이해할 수 없었다. 자신을 거짓말쟁이라고 생각할 것만 같아 눈물이 날 것 같았다.

앨리시아, 자넷, 테테루 세 사람은 당황하며 서로의 얼굴을 마주

보았다.

페리스의 말을 의심하고 싶지 않지만 그녀가 가리키는 곳을 응시해도 창문밖에 보이지 않는다.

앨리시아가 불쑥 중얼거렸다.

"혹시…… 귀신 아닐까?"

"무, 무무무무슨 말인가요, 당신! 그럴 리가 없잖아요!"

펄쩍 뛴 자넷. 그런 예감은 들었지만 인정하고 싶지 않았다.

"하지만 페리스에게만 보이고 우리는 보이지 않다는 건…… 그렇잖아?"

"그러니까 그런 말 마시라고요!"

"귀신이라~! 좋네, 좋아! 나도 귀신하고 친해지고 싶어~!"

태평하게 기뻐하는 테테루.

"귀신……?"

페리스는 멍해졌다.

"귀신이 뭔가요?"

순수한 질문에 앨리시아는 기초 지식이 없는 상대라도 이해하기 쉬운 말을 골랐다.

"귀신이라는 건…… 강한 원한을 갖고 죽은 사람이 되는 것이야. 유령이라고도 부르지만 대부분 저승에 가지 못하고 이승을 떠돈다고 해."

"어째서 원한을 가진 건가요?"

"분명 심한 짓을 당해서겠지."

"하지만 사람에게 원한을 품는 건 좋지 않다고 생각해요!"

"후후, 페리스는 착한 아이구나."

"에헤헤……."

페리스는 앨리시아가 머리를 쓰다듬어주어 기뻐졌다.

"어째서 당신들은 그렇게 여유로운 건가요?!"

반면 자넷은 창백해진 얼굴로 몸을 떨었다. 페리스가 가리킨 곳에서 되도록 떨어져서는 앨리시아의 뒤로 숨었다.

"아, 귀신이 웃고 있어요!"

"보고하지 말아주세요!"

"어쩐지 이리로 오라고 손짓하고 있어요! 잠깐 다녀올게요!"

"가면 안 돼요오오오오오!"

자넷은 정체불명의 존재를 쉽사리 따라가려는 페리스를 필사적으로 붙들었다. 유령 따위에 이 귀여운 여자아이를 빼앗길 수는 없다.

"자, 자넷 씨…… 뀨잉."

페리스는 전력으로 조여져 질식할 것만 같았다. 이대로는 유령이 아니라 자넷의 손으로 저세상 사람이 될 것만 같은 기세다.

그러는 사이 어느 틈엔가 모자를 쓴 소녀의 모습이 사라지고 말았다.

밤이 된 침실에서 램프의 불빛이 흔들렸다.

빛 마술 계열의 마법진, 에너지가 담긴 마석을 활용한 램프는 화재가 생길 위험이 없어 귀족 저택 등에서 자주 사용된다.

밤하늘에서 내리는 달빛이 모래사장 너머의 바다를 용의 비늘처럼 반짝이게 했다.

　낮에는 시끄러웠던 화산도 지금은 완전히 조용해져 연기를 뿜지도 않은 채 봉인의 문양을 떠올릴 뿐이었다.

　"흐아……."

　페리스가 침대에 앉아 연거푸 하품하자 잠자리에 들 준비를 하던 앨리시아가 웃었다. 파자마 차림으로 거울 앞에 앉아 머리를 빗으며 말했다.

　"오늘은 일이 많아서 피곤하네."

　"네…… 피곤해요…… 눈이 감겨요……."

　페리스의 머리가 꾸벅꾸벅했다.

　이제는 반쯤 의식이 없는 모양이라 눈을 뜨는 것만이 고작이었다. 아니, 눈도 거의 뜨지 않았다.

　"무리하지 말고 먼저 자도 괜찮아. 나도 금방 갈 테니까."

　"안 돼요…… 앨리시아 씨하고 같이 자지 않으면…… 기다리지 않으면……."

　어떻게든 기합으로 의식을 유지하려는 페리스.

　그러나 슬슬 한계였다.

　바다에 빠질 뻔하고, 뜨거운 햇살을 받고, 언령을 사용했다지만 강력한 마술을 사용하는 등 페리스의 작은 몸에는 상당한 피로가 누적되었다.

　"어휴, 페리스도 참."

　앨리시아가 빗질을 마치고 의자에서 일어났을 때 조용한 방 안에 노크 소리가 울렸다. 시간이 시간이다 보니 페리스는 깜짝 놀라 어깨를 들썩였다.

"소, 손님인가요……?"

"누굴까……?"

의아해하는 두 사람 앞에 문이 삐걱거리며 천천히 열렸다. 창백한 맨발이 보인 뒤 네글리제가 흔들리는 것이 보였다.

어둠 속에서 모습을 드러낸 것은…… 자넷이다.

"바, 밤늦게 실례할게요……."

눈물을 머금은 눈으로 베개를 안고서 핏기가 가신 얼굴로 움츠리고 있었다.

"자넷 씨?"

"무슨 일이야?"

페리스와 앨리시아가 물으니 자넷은 멋쩍은 듯이 시선을 피했다.

"아, 아무것도 아니에요……. 그저 페리스가 혼자서 무서워하지 않을까 싶어서……."

"전 혼자가 아닌데요……. 무서운 일도, 없는데……."

당황한 페리스.

"……그렇구나. 혼자서 잠드는 게 무서워서 우리 방으로 온 거구나."

"아아아아니에요! 제가 유령을 무서워한다는 건 있을 수 없는 일이에요!"

"그럼 빨리 말해주지 그랬어. 미안."

"그러니까 아니라고 했잖아요!"

자넷은 새빨개진 얼굴로 부정했지만 완전히 정곡을 찔렸다.

라이벌에게 약점을 잡히기 싫어 처음엔 테테루의 방으로 가봤지만 테테루는 밤길을 산책 중인지 아무도 없었다.

최종 수단으로 페리스와 앨리시아의 방으로 오긴 했지만 자넷은 자신의 행동을 무척이나 후회했다.

자넷의 필사적인 모습을 보고서 앨리시아는 쿡쿡 웃었다.

"어머, 아니었구나. 그럼 잘 자."

"으…… 아…… 내, 내일 봬요……."

자넷은 그렇게 말하면서도 문 사이에 낀 채 떠나려 하지 않았다. 이 문을 닫으면 복도의 어둠과 실체 없는 혼령이 공격할 것만 같았기 때문이다.

"후후…… 자넷은 참 귀여워."

"귀, 귀엽지 않다고요!"

"같이 자자. 너무 늦게 자면 피부에도 좋지 않으니까."

"그, 그렇게까지 말하니 어쩔 수 없군요! 그럼 그렇게 해드리겠어요!"

이제는 될 대로 되라는 말투가 된 자넷.

전력을 다해 방으로 돌입하고서 넘어지듯 침대 위로 올랐다. 모포 안이 페리스의 체온으로 따뜻해서, 그 안에 있는 것만으로 안심할 수 있었다.

그러나 그곳은 안주의 땅이 아니었다. 그 이유는 페리스가 곧장 안겨들었기 때문이다.

"와~! 자넷 씨하고 함께 자는 건 원정 때 이후 오랜만이에요~!"

"너, 너무 붙으면 잠들 수 없어요!"

"하지만 자넷 씨한테서 좋은 향기가 나요! 킁킁킁……."

"꺅, 페리스! 안 돼요!"

페리스가 계속해서 몸을 밀착시키자 자넷은 기쁨과 수치의 달콤한 지옥에 떨어졌다. 그런 자넷의 곁으로 앨리시아도 끼어들었다.

"정말이네. 자넷만 다른 비누를 쓰는 걸까……킁킁."

"잠깐만요, 앨리시아?! 어째서 당신이 달라붙는 건가요?!"

앨리시아는 당황한 자넷의 몸에 팔을 감고서 숨을 쉬었다.

"항상 페리스를 안고 잠들거든. 그 사이에 끼어들었으니 자넷을 안고 잘 수밖에 없잖아."

"항상 그런 일을?! 그보다 전 베개가 아니라고요!"

양옆으로 앨리시아와 페리스에게 끼여 푹신한 감촉에 감싸였다. 아까까지의 공포는 사라졌지만 자넷은 오랫동안 잠들지 못했다.

"오늘은 뭘 하고 놀까요? 모래성을 만들까요?! 아니면 헤엄칠까요?!"

1층 식당으로 내려가자 페리스는 기대에 찬 눈으로 그렇게 물었다.

마법 학교의 수업도 즐거웠지만 이 별장에 온 뒤로는 정말로 자극적인 일뿐이라 매일 아침이 되기만을 기다려왔다.

오늘도 페리스는 아침과 동시에 퍼뜩 눈을 떴다.

빨리 다른 사람들이 일어나줬으면 좋겠다고, 빨리 놀고 싶다고 생각하면서도 자신 때문에 깨우긴 미안해서 창가에서 깡충깡충 뛰면서 바깥 경치를 바라봤었다. 그 발소리 때문에 결국 앨리시아가 일어나고 말지만.

"헤엄치자, 헤엄! 오늘이야말로 다 함께 멀리까지 헤엄치자! 세계의 반대쪽까지!"

"할게요! 세계의 반대쪽까지 헤엄칠게요!"

테테루가 제안하고 페리스는 천진난만하게 즐거워했다. 그 테테루는 이미 이른 아침부터 헤엄치고 온 뒤라 산뜻한 바다 향기가 났다.

"음, 요즘 매일 헤엄쳤으니까 조금 피곤한 것 같기도 하네."

"저도 피곤하답니다……."

쓴웃음 짓는 앨리시아와 자넷. 육체파인 테테루와 노예였던 페리스와는 다르게 곱게 자란 아가씨들에게는 조금 힘든 일정이었다. 화산 봉인을 마친 뒤로는 안전해진 해안에서 아침부터 밤까지 잔뜩 놀았으니까.

"그런……가요……?"

페리스는 풀이 죽었다. 자넷이 다급하게 말했다.

"하, 하지만 페리스가 하고 싶다면 힘내겠어요! 사력을 다하겠어요! 네…… 설령 피눈물이 흐르고 온몸에서 피의 땀이 나온다 해도……."

"말 한 번 잘했어, 자넷!"

힘주어 고개를 끄덕인 테테루.

"그, 그렇게까지 헤엄치지 않아도 괜찮아요!"

위축된 페리스.

"아니요…… 페리스를 위해서니까요! 전 목숨을 걸겠어요! 두 번 다시 설 수 없다 해도 괜찮아요!"

"전 그런 걸 바라지 않아요! 자넷 씨하고 놀 수 없게 되는 건 싫어 요!"

"그래, 진정해."

폭주할 기미를 보인 자넷을 페리스와 앨리시아가 둘이서 말렸 다. 라인츠리히 아가씨는 주변 사람들이 조금만 방심하면 금세 달 까지 날아오를 정도로 위험하다.

"그럼 대체 뭘 하실 건가요?"

"날씨도 좋으니 집에 있는 건 아쉬워요⋯⋯."

"난 밖이 좋아! 모처럼 여기까지 왔으니까!"

소녀들은 식당의 넓은 창문으로 경치를 바라보았다.

맑은 하늘, 강하게 내리쬐는 햇살, 아름다운 해변. 그 모든 것이 너무나도 빛나 일행을 대자연으로 불렀다.

달콤 쌉싸름한 꽃향기도, 멀리서 들려오는 사람들의 즐겁게 떠 드는 소리도 집안에서 소녀들을 데리고 나오기엔 충분했다.

별장의 메이드장이 시중을 들며 입을 열었다.

"그럼 딸기 채집을 다녀오시는 건 어떠십니까?"

"딸기 채집?"

되묻는 테테루.

"네. 이 주변에는 과일 농원이 많이 있습니다. 별장의 음식을 준 비할 때 저희 하인들이 딸기 채집에 다녀옵니다만, 이게 제법 즐 거운 일이지요. 그 자리에서 먹으면 신선함과 맛도 각별합니다."

"그렇군요⋯⋯. 과자의 재료가 될지도 모르겠네요."

요리가 특기인 자넷은 흥미를 보였다.

"새로운 과자 개발에 도움이 될지도 모르겠어……."

요리가 특기가 아닌 앨리시아도 흥미를 보였다.

"아, 새로운 과자는 위험하지 않을까……."

테테루의 얼굴이 창백해졌다.

"어째서? 같은 과자만 먹으면 질릴 테니 가끔은 충격적인 맛이 나는 과자도 만들어보지 않으면 진보는 없지 않겠어?"

"앨리시아의 음식은 언제든 충격적이라고!"

"어머, 고마워."

"칭찬 아니야! 화내는 거라고!"

"그보다 요리에 충격은 필요 없다고요……."

그런 콘셉트로 만들면 그런 음식이 완성되는 것도 당연하다고 이해한 테테루와 자넷. 그러나 페리스의 반응은 달랐다.

"앨리시아 씨의 새로운 과자를 먹어보고 싶어요!"

그렇게 순진하게 눈동자를 반짝였다.

"네, 네, 그야 좋은 과자의 재료가 되고말고요. 여러분께는 조금 천한 작업처럼 느끼실지도 모르겠지만요……."

메이드장은 조금 미안한 듯이 웃었다.

"아니요. 어쩐지 재밌을 것 같네요. 그렇지? 페리스."

앨리시아가 바라보니 페리스는 고개를 크게 끄덕였다.

"네! 전 딸기 채집을 해보고 싶어요! 재밌을 것 같아요!"

"아~ 벌써 배고파졌어!"

"막 딴 딸기를 깨무는 페리스…… 분명 귀엽겠지요……."

"정해졌네. 오늘은 딸기를 채집하러 가자."

앨리시아는 페리스의 머리를 쓰다듬으며 미소 지었다.

별장에서 농원으로 이어지는 해안가의 길을 마차가 덜컹거리며 달렸다. 파도가 해안에 부딪쳐 하얀 물보라를 만들고 시원한 바닷바람이 창문으로 들어왔다. 다니엘라는 도시에서 조사할 일이 있는지 오늘은 전사였던 마부가 호위를 맡아주었다.

마차에서 떨어지지 않도록 앨리시아에게 팔이 붙들린 페리스는 콧노래를 흥얼거렸다.

"딸기 채집~. 딸기 채집~ 잔~뜩 따고 싶어요! 열심히 쫓아갈게요!"

"페리스……? 혹시 뭔가 착각하는 거 아니니……?"

앨리시아는 조금 걱정이 됐다.

"착각하는 게 아니에요. 전 딸기하고 열심히 싸울게요!"

페리스는 기운차게 주먹을 쥐었다.

"역시 착각하고 있잖아요?!"

"채집이라고 해도 딸기는 도망치지 않아."

테테루가 창밖에서 고개를 내밀고서 웃었다. 여전히 지붕 위에 올라 바깥 경치를 즐기는 자유로운 사람이지만 이제는 아무도 주의를 주지 않았다.

"어……? 딸기가 얌전히 잡혀주나요?"

페리스는 알 수 없다는 표정이었다.

"그게 아니라 딸기는 움직이지 않아요! 과일이니까요!"

"잡는다면서요⋯⋯? 전 딸기는 동물이라고 생각했어요⋯⋯."

"으음⋯⋯ 딸기, 먹어본 적이 없었니?"

"있어요!"

"케이크에 놓인 걸 봤었구나. 그거 동물처럼 보이지 않았지?"

"그렇게 보이지는 않았지만⋯⋯ 베이컨 같은 것도 동물로는 보이지 않았는데요⋯⋯."

테테루가 손뼉을 쳤다.

"그렇구나! 그러니까 베이컨도 과일 아닐까?!"

"그랬나요?!"

"이야기를 복잡하게 만들지 마세요!"

페리스와 테테루가 둘이서 대화하면 상황은 점점 혼란으로 치닫는다.

앨리시아는 어깨를 으쓱였다.

"일단 농원에 도착하면 알 거야."

"설명을 포기하셨군요⋯⋯."

자넷은 그렇게 중얼거렸지만 백문이 불여일견이니 어쩔 수 없다. 알 수 없다는 표정의 페리스를 태우고, 마차는 경쾌하게 달렸다.

이윽고 과일나무와 밭이 이어진 지대가 보였다.

해안과는 분위기가 전혀 다르게 식물들로 가득했다. 넓은 평야에는 다양한 작물이 자라고 있었고 식물의 진한 향기가 풍겼다. 밭 사이에는 소박한 민가가 군데군데 지어져 있었다.

"여기가 메이드장이 말했던 농원입니다요. 농원 사람들한테 이야기해뒀으니 마음껏 딸기를 따세요."

마부가 그렇게 말하고서 마차를 세울 때였다.

"딸기가 도망쳤다아아아아아아아!"

농원에서 비장감 넘치는 외침이 들렸다.

"딸기가……."

"도망쳤다……?"

앨리시아와 자넷은 귀를 의심했다.

파릇파릇한 잎이 늘어선 밭둑에서 작고 새빨간 과실이 일제히 튀어나왔다. 그것은 어딜 아무리 봐도 딸기. 녹색 꼭지를 엄청난 기세로 돌려 하늘로 자유롭게 비상했다.

그 뒤를 소박한 옷차림의 농민들이 필사적으로 쫓았다.

"빨리! 빨리 잡아!"

"옆 마을로 도망치면 손해가 엄청나다고!"

"아니, 그런 것보다 오늘은 귀족 분들이 딸기 채집하러 오신다고!"

"만약 딸기가 없다는 걸 들키면 참수형이야!"

저마다 외치며 잠자리채를 들고서 전력 질주했다. 그러나 딸기들은 너무나도 재빨라서 농민들의 추적을 가볍게 피했다.

"이, 이게 대체 무슨 일이죠?!"

"바쁘신 모양……이네……."

넘치는 혼돈에 자넷과 앨리시아의 벌어진 입이 다물어지지 않았다.

"와~! 재밌을 것 같아요! 저도 딸기를 잡고 싶어요!"

그러나 페리스는 무척이나 기뻐하며 껑충 뛰었다. 테테루는 뺨에 검지를 대고서 고개를 갸웃했다.

"음, 요즘 딸기는 하늘을 나는구나. 뭐, 됐어!"

"좋지 않아요! 이 상황을 받아들이는 게 너무 빠르다고요!"

"원정 때는 나도 상당히 날아갔었잖아!"

"그건 날려졌을 뿐이라고요!"

자넷은 가르윔에게 당해 숲으로 날아갔던 테테루를 절대 잊을 수 없다. 이 같은 반 친구가 어째서 무사한지는 전혀 예상되지 않는다.

가까운 곳을 달리던 농민이 페리스 일행을 깨닫고서 당황했다.

"귀, 귀족님들! 벌써 오셨습니까! 지금은 그게, 조금 바빠서, 금방 잡을 테니 잠시만 기다려주십시오!"

"저도 잡고 싶어요! 그 망은 더 없나요?"

"네……? 잠자리채라면 저희 것을 마음껏 사용하셔도 상관없습니다만……."

"고맙습니다!"

페리스는 가벼운 발걸음으로 잠자리채를 받고서 하늘을 나는 딸기를 쫓기 시작했다.

작은 여자아이가 밭을 깡충깡충 뛰며 딸기와 노는 모습은 마치 꿈속 광경 같았다. 자넷은 살짝 자신의 뺨을 꼬집어봤다.

"아얏?! 꿈이 아닌 모양이네요……."

"좋아, 나도 딸기를 잡아야지!"

"페리스만 고생하게 놔둘 수 없어요!"

"빈손으로 돌아가는 건 슬프니까."

테테루와 자넷과 앨리시아도 각자 농민들에게서 잠자리채를 빌려 페리스의 뒤를 따랐다. 스커트를 올리고서 밭 사이로 돌입했다.

딸기가 날아다니고 소녀들이 달렸다. 붉은 과실이 꼭지를 돌리고 소녀들의 목소리가 울렸다. 귀족 아가씨의 갑작스러운 참가에 농민들은 어떡해야 좋을지 알 수 없어 당황했다. 영주와 혈연이 있는 사람에게 실례되는 행동을 해선 안 되고, 그렇다고 무엇을 도와야 할지도 판단하기 어렵다.

"이야아아아압!"

페리스는 잠자리채를 위로 크게 들고 딸기를 향해 도약했다. 기세 좋게 휘둘러 목표물을 망에 넣자, 안에서 딸기가 버둥버둥 날뛰었다.

페리스는 잠자리채의 입구를 잡고서 빛나는 얼굴로 앨리시아를 올려다보았다.

"딸기 한 마리 잡았어요!"

"딸기는 『마리』가 아니라 『개』라고 세야 해."

"딸기는 새인데도요?"

"딸기는 새가 아니야."

"하지만 하늘을 날잖아요?"

"날고 있네……."

백문이 불여일견이라고 생각했던 앨리시아는 현장에 온 뒤로 더욱 설명하기 어려워져 무척이나 곤란해졌다.

페리스는 포획한 딸기를 주머니에 넣고서 다른 딸기 무리를 쫓아 달렸다.

"더 많이 딸기를 잡을게요! 전 이런 건 처음이에요~!"

"저도 처음이랍니다!"

"나도!"

"누구든 처음일 거야……."

소녀들은 딸기 채집이라는 것을 계속했다. 풀이 자란 밭을 달린 탓에 다리는 상처투성이지만 그런 것을 신경 쓸 여유는 없었다.

도망치면 붙잡고 싶어지는 법. 그리고 적은 정말이지 사랑스러운 과일이라 소녀들의 사냥 본능을 엄청나게 자극했다.

"또 잡았어요!"

"저는 열 개 잡았답니다!"

"의외로 잔뜩 잡았네요."

"누가 더 많이 잡는지 승부예요!"

밭에서 뛰어다니는 페리스 일행의 얼굴이 상기됐다. 떨어지는 땀, 펄럭이는 머리카락. 몸집이 큰 농민들과 비교해 민첩한 소녀들은 계속해서 딸기를 잡았다.

그러나 딸기들도 서서히 학습했는지 소녀들에게 다가가지 않게 됐다. 멀리 떨어져서는 다 함께 하늘로 크게 뛰었다. 꼭지의 회전수를 대폭 올려 다 함께 날아오르려 했다.

그 광경은 흡사 수면에서 하늘로 날아오르는 철새 무리. 누구의 손도 닿지 않아 모든 추적이 중단됐다. 농민들은 절망에 빠졌다.

"아아…… 우리가 정성스레 키운 딸기가……."

"버림받았어…… 대자연에 버림받은 거라고, 우리는……."

"으으…… 영주님께 혼날 거라고……."

그렇게 중얼거리며 멍하니 하늘을 올려다본 농민들. 포기의 경지에 들어가 밭둑 사이에 주저앉아 훌쩍이는 사람까지 있었다.

"이대로는 딸기가 도망치겠어요!"

자넷은 다급해졌다.

"마술로 어떻게든 할 수밖에 없겠네."

"앨리시아가 잘 다루는 속성은 불 마술이잖아요?! 구운 딸기가 될 거라고요!"

"자넷의 바람 마술로 어떻게든……."

"딸기 슬라이스가 될 거라고요!"

"어쩔 수 없네. 내가 돌을 던져 떨어뜨릴게!"

"더 비참한 사태가 될 거라고요!"

잼으로 만들 거라면 잘린 딸기도 상관없지만 자넷은 모처럼 여기까지 왔으니 원형을 유지한 딸기를 먹고 싶었다. 그렇지 않으면 딸기를 따러 온 의미가 없다.

"으음, 으음, 이럴 땐……."

페리스는 모두가 곤란한 표정을 한 것을 보고서 다급해졌다. 바람 마술도 불 마술도 안 되고, 그렇다고 물 마술이나 땅 마술로도 큰 충격을 주면 딸기가 성치 못할 것이다. 빛 마술이라면 충격은 없지만 딸기를 잡을 수 없다.

"음, 화산을 봉인했을 때처럼 할 수 있으면 좋을 텐데~."

"그거에요! 딸기를 봉인할게요!"

테테루의 말에 페리스가 끄덕였다.

봉인 마술의 술식에 염동 마술의 술식을 교차하고 흙 마술을 군데군데에 배치한 마술을 자아냈다.

순식간에 계산된 술식을 변환 법칙에 따라 압축해 언령으로 바꾸어 드높이 읊었다.

"우리여, 생명을 가져라. 그대의 껍질을 깨고 하늘에 무늬를 새겨라! 파브데라이즈!"

돌연 페리스가 지닌 잠자리채가 커졌다.

망 그 자체가 생물인 것처럼 확장하더니 하늘을 가득 메울 듯이 엄청나게 커져서는 딸기 무리를 향해 돌진했다.

딸기 무리가 잠자리채에 붙잡혔다. 딸기들은 필사적으로 도망치려 하지만 잠자리채의 입구가 닫혀 빠져나갈 틈이 없었다.

대량의 딸기와 커대란 잠자리채의 무게에 페리스가 휘청거렸다.

"무, 무거워요……."

"위험해!"

"정신 차리세요!"

앨리시아와 자넷이 페리스와 잠자리채를 지탱했지만 세 사람의 힘으로도 부족했다. 다 함께 쓰러질 것 같았을 때 서둘러 테테루가 달려왔다.

"영차!"

한 손으로 잠자리채를 지탱한 테테루. 안에 든 딸기가 다치지 않도록 조용히 땅에 내려놓았다. 도움을 받은 일행은 안도의 한숨을 쉬었다.

농민들의 눈이 휘둥그레졌다.

"굉장해……."

"뭐야, 저 마술은."

"본 적 없는 마술인데…… 과연 마법 학교의 학생은 다르구먼."

"우리가 그렇게나 고생해도 잡지 못했던 딸기를 순식간에……."

"브라보!"

"고마워요~!"

터져 나온 함성. 하늘 높이 들린 잠자리채. 페리스에게 집중된 수많은 존경의 눈빛.

"흐아아아아아……."

페리스는 뺨을 붉게 물들이고서 몸을 떨었다.

"파르페, 맛있어요~~~!"

뺨에 크림을 잔뜩 묻힌 페리스는 환희의 목소리를 냈다.

농원 한쪽에 놓인 테이블에는 딸기 파르페가 4인분 놓여 있었다. 포획한 딸기와 농가에서 받은 재료로 쟈넷이 만든 디저트다.

휘핑크림은 부드럽고, 얼음 마술로 만든 아이스는 우유의 풍미로 가득했고, 딸기의 신선도까지 최고라 페리스는 혀가 녹을 것만 같았다.

테테루가 뺨에 손을 얹고서 기뻐했다.

"이거 굉장하다! 정말 완벽한 파르페야!"

"네! 입안이 행복해요오오오!"

페리스는 스푼을 물고서 몸을 떨었다.

"기뻐해 주니 다행이네요."

생글거리는 쟈넷. 페리스에게 좋은 모습을 보이고 싶다는 일심으로 모든 실력을 발휘했는데 이렇게까지 좋은 평가를 받으니 노력한 보람이 있었다.

"페리스도 참, 크림이 묻었잖니."

"흐아?"

앨리시아는 손가락으로 페리스의 뺨에서 크림을 떼어내 입에 넣었다. 페리스는 무슨 일이 일어났는지 잘 알 수 없어서 눈을 깜박였다.

자넷은 경악했다.

"다, 다, 당신…… 무, 무슨 짓을……."

"……? 왜 그래? 자넷."

"아무것도 아니에요……."

자넷은 고개를 숙였다. 사실은 자신이 페리스의 뺨에 묻은 크림을 닦아주고 싶었는데. 그러나 그런 대범한 행동을 도저히 할 수 없었다. 이렇게 자연스럽게 해내는 앨리시아가 부러워 참을 수 없었다.

테테루는 무언가를 깨달았다.

"아, 그렇구나! 자넷은 그거지?! 크림을 닦아주고 싶었구나?!"

"……그랬구나. 미안, 자넷."

앨리시아는 정말로 미안한 듯이 고개를 숙였다.

"그, 그렇지 않아요!"

들통 나서 당황한 자넷.

"그럼 그렇게 말해주지 그랬어. 파르페를 만들어준 보답 정도는 해야지! 자! 잔뜩 닦아줘!"

테테루는 입가에 대량의 크림을 바르고서 얼굴을 내밀었다.

"그건 뭔가 달라요!"

"뭐가 다른데?!"

"전체적으로 달라요!"

"크림 양이 부족했어?"

"오히려 너무 많아요!"

입을 닦아달라고 다가오는 테테루와 옷이 더러워질 것 같아 도망치는 자넷. 목숨을 건 공방이 테이블 테두리에서 되풀이됐다.

옆에서 지켜본 농민이 이마의 땀을 닦으며 한숨을 쉬었다.

"여러분께 딸기를 드릴 수 있어 안심했습니다. 한때는 어떻게 될까 걱정을……."

앨리시아가 물었다.

"오늘 같은 일이 흔한가요? 그게…… 이 지방에서는 딸기가 자주 하늘을 나나요?"

"설마요! 지금껏 살아오면서 딸기가 나는 건 처음입니다!"

농민은 힘껏 고개를 저었다.

"그럼 어째서……."

"모르겠지만 최근 이상한 일이 많습니다. 제대로 비료를 주는데도 작물이 잘 자라지 않고, 병에 걸린 것도 아닌데 말라버려요. 이대로 가다간 저희가 먹을 건커녕 영주님께 소작료조차 제대로 낼 수 있을지……."

다른 농민들도 창백해진 얼굴로 계속해서 얼굴을 끄덕였다. 다들 야윈 모습이었다.

고개를 갸웃하는 페리스.

"소작료, 가 뭔가요?"

"밭을 사용하게 해준 보답으로 영주님께 드리는 작물이라든가 돈입니다. 올해는 정말이지 몸을 팔거나 옥에 들어갈 수밖에 없을 것 같을 정도라……."

"그럴 수가…… 내년까지 기다려주지 않는 건가요?!"

패리스는 앨리시아를 올려다보았다.

팔려나간다거나 옥에 들어가는 건 싫다. 설령 자신의 일이 아니더라도, 아니, 자기 일이 아니기에 듣는 것만으로도 슬퍼진다.

"음…… 여긴 구덴베르트 가문의 영지가 아니니까……."

친척이라지만 내정에 대해 앨리시아가 참견하는 것은 영주에 대한 월권행위다. 별장을 빌린 입장으로서 그렇게까지 실례되는 일을 할 수 없다.

"조금이라도 소작료를 줄일 수는 없을까요……? 뭔가, 뭔가, 방법이…… 제가 할 수 있는 일이라든가……. 앨리시아 씨……."

페리스는 작게 떨며 호소했다. 눈동자를 촉촉하게 적시고서 앨리시아를 바라보았다.

'이, 이건 거절하기 어려워요……!'

옆에서 바라보던 자넷은 꿀꺽 침을 삼켰다. 자신이었더라면 절대 이길 수 없는 애원. 소작료의 감면은커녕 일족의 재산조차 전력을 다해 건넬 것이다.

앨리시아는 어깨를 으쓱이며 미소 지었다.

"……어쩔 수 없네. 어떻게든 부탁해볼게."

"아가씨……! 고맙습니다!"

농민은 허리를 접듯이 앨리시아에게 고개를 숙였다.

"작은 아가씨도 고맙습니다요!"

"흐에?!"

연거푸 고개를 숙이자 페리스는 당황했다. 딱히 인사를 받고 싶었던 것이 아니었고 애초에 자신은 아무것도 한 게 없다.

"하지만 소작료를 줄이는 것만으로는 아무런 해결이 안 되겠네. 어째서 딸기가 날거나 작물이 잘 자라지 않게 됐는지 원인을 밝혀내야 해."

"왕도의 마법 연구소에 조사를 부탁하면 좋지 않을까요?"

"안타깝지만…… 작물의 성장이 좋지 않은 정도로 움직여주지 않을 거야."

"어째서요?"

페리스가 물으니 앨리시아는 어두운 표정을 했다.

"전국적으로 피해가 생기면 모르겠지만 지금 상태에선 그다지 큰일이 아닐 거라고 생각할 거야. 그 사람들은 변경에 사는 백성의 삶에 딱히 흥미가 없을 테니까."

"그럴 수가……."

페리스는 힘없는 목소리를 냈다.

이곳에 곤란한 사람이 잔뜩 있는데 어째서 도와주지 않는 것인지 전혀 알 수 없었다.

마석 광산에서는 모든 일이 간단해서 마석을 잔뜩 캐내면 먹을 것을 받을 수 있었고 캐내지 않으면 맞을 뿐이었는데, 이 세상은 정말로 복잡한 일뿐이다.

그러나 페리스는 복잡한 생각을 포기했다. 고민할 필요는 없다. 누군가가 곤란하다면 할 일은 하나다.

"그, 그럼 제가 조사할게요! 이 주변에서 무슨 일이 일어났는지, 어째서 작물이 이상해졌는지 열심히 조사할게요!"

"재밌을 것 같으니 나도 할래~!"

"우리끼리라도 뭔가를 알아낼지도 몰라."

소녀들은 서로 고개를 끄덕였다.

"여러분…… 면목 없습니다……."

농민은 울먹였다.

귀족들은 거만해서 아랫사람의 심정을 생각하지 않을 거라고 생각했었는데 이 소녀들은 다르다. 마치 천사를 보는 것만 같았다.

파르페를 남기지 않고 비운 페리스 일행은 서둘러 조사를 시작했다. 밭 안으로 들어가 바짝 마른 이파리를 관찰했다.

"흙……이 이상한 건가요? 독이 흘러왔다거나……."

페리스는 손바닥으로 흙을 퍼서 바라보았다. 조금 건조한 느낌은 있지만 평범한 흙이다. 다행히 지렁이가 없고 다른 벌레도 보이지 않는다.

"음, 잘 모르겠어요……."

맨손으로 열심히 밭을 파 진흙투성이가 되면서도 흙을 조사했다. 계속 마석 광산에서 일했기 때문에 흙을 파는 일이라면 익숙하다.

"더 안쪽에 뭔가 있는 걸까……?"

테테루도 페리스와 함께 굴을 넓혀갔다.

작은 여자아이 둘이서 열심히 손으로 밭을 파는 광경은 흐뭇하기도 하고, 약간 비현실적이기도 했다.

"맨손으로 만지는 건…… 조금 거부감이 있네……."

"저, 저 두 사람에게만 맡길 수는 없잖아요……."

앨리시아와 자넷도 결사의 각오로 조심스럽게 땅을 파며 조사했다. 모래 놀이라면 몰라도 평소에 직접 땅을 건드릴 일이 없는 귀족 아가씨다 보니 입자의 감촉도 미지의 체험이었다.

"어머…… 이상하네, 이 흙……."

문뜩 앨리시아가 손을 멈췄다.

"왜?"

옆에 쪼그리고 앉은 테테루.

"보통 자연 속에는 미약한 마력이 담겨 있을 텐데…… 이 흙에서는 마력이 거의 느껴지지 않아."

"어쩐지…… 흙에서 마력이 빨려 나간 느낌이 드는군요."

"누, 누가 마력을……?"

페리스는 불온한 분위기를 느끼고 겁을 먹었다.

"지맥 사냥꾼 아닐까요?! 바다에서 화산에 기생했던!"

"그건 페리스가 쓰러뜨렸을 거야. 그리고 지맥 사냥꾼 때문에 작물이 자라지 않는다는 건 이해되지만 딸기가 하늘을 나는 이유를 설명할 수 없어."

"그럼 달리 무슨 아이디어 없나요?!"

자넷은 뾰로통 뺨을 부풀렸다. 파지직, 두 사람 사이에 불꽃이

(정확하게는 자넷에게서 일방적으로) 튀었다.

"에효, 싸우면 안 되지!"

말리는 테테루, 다급히 끼어드는 페리스.

"저, 저기, 저기, 마력이 어디로 흘러가는지 조사해보면 되지 않을까요? 그럼 범인을 찾을 수 있을 것 같아요!"

"마력의 흐름을 쫓는 건 어려울 것 같아. 정말로 약한 흐름이니까……."

앨리시아는 손바닥을 지면에 대고서 기척을 찾았다.

페리스도 지면에 손바닥을 찰싹 댔지만 확실히 그 흐름이 지나치게 약하다. 간신히 마력이 흡수된다는 것은 느껴지지만 그것이 어느 방향으로 움직이는지는 판별할 수 없었다.

테테루가 팔짱을 끼고서 생각에 잠겼다.

"음, 냄새라면 따라갈 수 있겠지만 마법은 잘 모르겠네~."

"당신, 마법 학교 학생 맞죠?!"

"그건 그런데 낙제생이니까!"

"그걸 스스로 말하나요?!"

자넷은 황당했지만 테테루는 태연하게 웃었다. 성적이라든가 서열이라든가 전혀 신경 쓰지 않는 소녀다. 즐겁게 살 수 있다면 그걸로 충분하다.

"으으…… 어쩌면 좋을까요……?"

테테루가 무척이나 곤란해할 때 그 귓가에 요염한 목소리가 울렸다.

"……여왕님. 귀하께서라면 분명 흐름을 파악하실 수 있을 것이옵니다."

페리스는 깜짝 놀라 엉덩방아를 찧었다. 주변에는 목소리의 주인으로 보이는 인물의 모습이 없었다. 그러나 이 음색은 기억이 있다.

"페리스?"

"왜 그래?"

앨리시아와 테테루가 돌아보았다.

"어, 어쩐지 갑자기 에우리알레 씨의 목소리가 들렸는데요……."

"에우리알레? 그게 누구죠?"

의아해하는 자넷.

"아마 페리스가 소환했던 여자였지?"

"아~ 그 사람! 엄청 예쁜 사람이었어."

테테루의 눈이 빛났다.

"어, 누, 누군가요?! 어째서 저만 모르는 건가요?!"

"자넷이 행방불명이 됐을 때 도와준 사람이니까!"

"그런, 너무해요! 저만 따돌리는 건가요?!"

자넷은 당황하며 친구들의 얼굴을 둘러보았다. 자신이 모르는 세계가 자신이 모르는 곳에서 진행되었다고 생각하면 어쩐지 걱정이 든다.

페리스의 귓가에 에우리알레의 목소리가 떨렸다.

"아아…… 여왕님…… 저를 기억해주셨군요."

"아, 네, 그때 신세 졌으니까요……."

"감동이옵니다. 에우리알레, 감동한 나머지 제 눈물에 빠져 죽을 것만 같사옵니다."

"주, 죽지 마세요!"

어쩐지 자신을 좋아한다는 것이 전해졌고 그것 자체는 기쁘지만 아직 소환수들과 어떻게 어울려야 할지 모르는 페리스. 우선 평범한 사람을 대할 때와 느낌이 다른 것 같다.

에우리알레가 기품 있게 헛기침을 했다.

"마력의 흐름에 대해서 말이옵니까? 귀하시라면 의식의 초점을 조금 맞추는 것으로 세세한 부분까지 읽으실 수 있을 것이옵니다."

"의식의…… 초점……?"

페리스는 고개를 살짝 갸웃했다. 친구들은 마치 혼잣말을 하는 것 같은 페리스를 가만히 지켜보았다.

"그렇습니다. 마력이란 마소가 모습을 바꾼 것. 귀하의 존귀한 눈동자에서 존재를 숨길 수는 없사옵니다. 물질을 보는 것이 아니라 그 이면을 봐주십시오."

"이면을……."

페리스는 지면을 조용히 내려다보았다. 에우리알레가 알려준 것처럼 땅이 아니라 그 안쪽의 안쪽을 들여다보도록 의식했다.

"진실의 눈동자로 보시는 겁니다…… 귀하께선 진실이니까요……."

에우리알레가 숨결을 불어넣듯이 속삭였다. 그 음색은 페리스의 깊은 곳까지 스며들어 온몸으로 퍼졌다.

두근, 페리스의 심장이 뛰었다.

세계가 색채를 잃고 물체가 존재감을 빼앗겼다. 그 대신 그 배후에 꿈틀대는 것, 맥동, 벡터, 에너지의 분류가 선명한 감각이 되어 오감으로 흘러들었다.

마력의 술렁거림이 들렸다.

생명의 고동이, 빛의 난무가 또렷이 전해졌다.

흙의 입자 하나하나가 보이고, 입자를 구성하는 미립자가 보이고, 땅속 생물의 모습이 보이고, 그 세포의 요소까지도 투과됐다. 시야가 땅속을 뚫고 크게 비상해서 암흑 속에서 빛나는 별이 보였다. 별의 곳곳에 사는 인간, 꿈틀대는 모든 생물이 보였다.

압도적인 정보량에 페리스의 뇌가 헤집어졌다. 고열, 몸이 폭발할 것만 같은 느낌. 엄청난 빛이 페리스에게 육박했다. 망막을 태울 정도로 눈부신 무언가. 그 빛은 마치 장엄한 옥좌와 같은 형태를 하고서……

"페리스! 페리스! 정신 차리세요!"

"아?!"

어깨가 흔들리자 페리스가 정신 차렸다. 정보의 폭풍이 사라졌다. 정신이 드니 자신의 주위에 친구들이 걱정스러운 얼굴을 하고 있었다.

"하아…… 하아…… 하아…… 하아……."

페리스는 거칠게 호흡했다. 무섭다. 무서워서 참을 수 없었다. 자신이 어디론가 가버릴 것 같았다. 머리가 쿵쿵 울렸다. 땀이 폭포수처럼 흐르고 심장이 거칠게 날뛰었다.

"어머, 아쉬워라. 조금만 더 있었으면 모셔올 수 있었는데."

토라진 듯한 목소리와 함께 에우리알레의 기척이 사라졌다.

앨리시아가 배려하듯이 페리스의 얼굴을 들여다보았다.

"……무슨 일이 있었니? 눈의 초점이 전혀 맞질 않고 불러도 답이 없는 것 같았는데……."

페리스는 도리도리 고개를 저었다.

"모, 모르겠어요……. 하지만 마력의 흐름을 더듬어가는 방법을 알았어요."

요컨대 지금 했던 일을 가볍게 재현하면 된다. 그러나 지나치게 깊이 보지 않도록 해야 한다. 그것은 안 된다. 두 번 다시 하고 싶지 않다.

페리스는 조심스럽게 실눈을 뜨고서 마력의 흐름을 읽었다. 빨리는 마력의 움직임을 보고 그 방향을 판별했다.

"이, 이쪽이에요……."

페리스는 분명치 않은 발걸음으로 앞서가기 시작했다.

"괜찮을까……."

"걱정되네."

"하, 하지만 지금은 따라갈 수밖에 없어요."

테테루와 앨리시아와 자넷은 페리스와 함께 걸었다.

늦은 오후, 뭉게구름이 뜬 하늘에선 따뜻한 햇볕이 내리쬤다. 넷이서 나란히 걸으니 마치 산책하는 것만 같았다.

무서운 경험을 한 반동인지, 아니면 다시 몸에 부담을 주는 능력을 사용한 탓인지, 페리스는 무척이나 심한 무기력함을 느꼈다. 그리고 아름다운 가로수 경치에 마음이 편안해져서인지 중요한 조사 중인데도 졸음이 몰려왔다.

"페리스!"

"침까지 흘리잖아요!"

"위험해~!"

"……흐아?!"

페리스는 꾸벅꾸벅 졸면서 걷다 넘어질 뻔해서 친구들이 지탱해 주었다. 다급히 의식을 되찾고서 고개를 확확 저었다.

"자면 안 돼요!"

자신을 타이르듯 말하고서 정신을 집중해 마력의 흐름을 쫓았다.

농원 지대에서 멀어져 나무들 사이를 지난 그곳은 작은 도시였다.

마법 학교가 있는 트레이유와 비교하면 그 규모가 작았다. 그러나 확실한 성벽이 있고 돌로 만든 건물이 규칙적으로 늘어선 것이 나름대로 번영한 도시인 듯했다. 깔끔하게 포장된 도로에는 주민들이 느긋하게 걷고 있었다.

자넷의 표정이 굳어졌다.

"이런 곳에 지맥 사냥꾼이 있다는 건가요?! 엄청난 피해가 생길 거라고요!"

"지맥 사냥꾼이라고 정해진 건 아니야. 아직 소동이 일어난 것 같지도 않으니 분명 괜찮을 거야."

그렇게 달래면서도 앨리시아의 표정도 굳어졌다.

"으음…… 마력의 흐름은…… 이쪽으로 이어지는데요…….."

페리스는 민가의 정면에서 망설였다.

"그럼 지붕을 뛰어넘어야겠네!"

"그, 그건 테테루 씨만 할 수 있을 것 같은데요……."

"어쩔 수 없군요. 이 집을 돌파하죠!"

"하지만…… 남의 집에 들어가는 건 폐가 되는 게……."

"모두를 구하기 위해서니까요! 지맥 사냥꾼이 날뛰기 시작하면 폐가 되는 것 정도로 끝나지 않을 거라고요!"

주먹을 쥐며 역설한 자넷. 이제는 사건의 원흉이 지맥 사냥꾼이라고 믿어 의심하지 않는 폭주 아가씨다.

"그, 그러네요……."

페리스는 주변을 둘러보았다.

민가의 정원에서 장작을 패는 아저씨를 발견하고서 탁탁탁 달려가 고개를 숙였다. 긴장돼서 몸이 뻣뻣했지만 용기를 내서 말을 걸었다.

"시, 실례합니다! 저기, 저기, 이 집 안으로 들어가도 괜찮을까요?!"

"응……?"

깜짝 놀란 아저씨. 갑자기 작은 여자아이가 와서는 울 것 같은 얼굴로 방문 허가를 요청한다면 누구든 놀랄 것이다.

"도, 도둑은 아니에요! 안으로 들어가고 싶을 뿐이에요! 곧바로 나올 테니…… 안 될까요?"

"으음…… 아니, 응, 딱히 상관없다만…… 지저분한 곳이지만……."

"고맙습니다!"

페리스는 아저씨와 헤어진 뒤 앨리시아 일행과 함께 집안으로 발을 디뎠다. 마력의 흐름을 따라 똑바로 복도를 따라갔다. 열중해서 가는 바람에 앞을 제대로 보지 못했다.

"아얏?!"

그 결과 벽에 충돌.

"괜찮니?"

"으~ 아파요~……."

눈물이 맺힌 페리스는 빨개진 이마를 쓰다듬었다. 앨리시아가 괜찮다며 페리스의 머리를 쓰다듬으며 위로했다. 그 모습을 자넷이 부러운 듯이 바라보았다.

페리스는 복도 끝을 가리켰다.

"이 너머로 마력이 흘러가는 것 같은데…… 벽이……."

"어쩔 수 없군요! 벽을 부수죠!"

자넷이 지팡이를 들었다.

"아, 안 돼요! 아무리 그래도 그렇게까지는!"

페리스는 몸을 떨었다.

"대의를 위해선 어쩔 수 없어요……. 도시를 지키기 위해서라면 벽을 부수는 것 정도는 어쩔 수 없어요……!"

"어쩔 수 없지 않아요!"

"나한테 맡겨줘! 한 방에 구멍을 낼게!"

"그래요, 맡기겠어요!"

"후오오오오오오……."

테테루가 주먹을 쥐고서 기합을 넣기 시작했다. 이 소녀라면 정말로 커다란 구멍을 낼 것만 같은 점이 무섭다.

"아, 저기요, 저기, 저기에 창문이 있어요! 저기라면 어떻게든 빠져나갈 수 있겠어요!"

페리스는 필사적으로 가리켰다. 고양이나 강아지의 출입구로 보이는 작은 창문이었다.

"이거…… 지날 수 있을까요……?"

"네! 괜찮아요!"

"페리스는 괜찮을지도 모르겠지만……."

자넷과 앨리시아는 열두 살. 가녀리고 스타일이 좋다지만 고양이와 같은 구멍을 지나기엔 사이즈에 무리가 있다.

"히, 힘들까요……? 죄송해요……."

미안한 표정으로 사과하니 자넷은 여자아이로서의 자존심이 상처받는 느낌이었다.

"아, 아니요! 힘들지 않답니다! 전 살찌지 않았으니까요! 이 정도 구멍을 빠져나가는 것 정도는 아무렇지도 않아요!"

"무리하지 않아도 괜찮아요!"

"난 먼저 가 있을게. 앨리시아하고 자넷은 돌아서 오면 돼."

테테루는 가볍게 구멍을 빠져나갔다. 지명을 받은 두 아가씨는 얼굴이 굳어졌다. 앨리시아가 단호하게 주장했다.

"돌아갈 필요 없어. 난 괜찮아. 응, 괜찮아……."

"어, 어쩐지 무서워요……."

페리스에겐 앨리시아와 자넷이 이상하게 흥분한 이유를 알 수 없었지만 어쨌든 이 이상 참견하는 것은 좋지 않다는 것을 깨달았다.

테테루, 페리스, 앨리시아, 자넷 순서로 구멍을 빠져나와 그 집의 정원으로 나갔다. 앨리시아와 자넷은 상당히 힘든 것 같았지만 양보할 수 없는 무언가가 있는 것 같았다.

그리고 소녀들이 옷의 먼지를 털어내며 일어서니.

"그르르르르르……."

이 집에서 기르는 듯한 개가 으르렁대며 위협했다.

"흐에……?"

얼굴이 질려버린 페리스.

"멍, 멍, 멍, 멍, 멍!"

"꺄아아아아아악?!"

사냥감이라고 생각했는지 개는 엄청난 기세로 페리스에게 달려들었다.

"……도망치자!"

"방해해서 미안~!"

"제 페리스에게 손대지 마세요!"

페리스의 손을 잡아끄는 앨리시아, 페리스의 몸을 안아 올린 테테루, 지팡이로 후미를 지키는 자넷. 소녀들은 저마다의 방법으로 민가 부지에서 도망쳤다.

몇 백 미터는 달리고서 개가 짖는 소리가 들리지 않게 되고서야 멈췄다.

"하아…… 하아…… 이, 이제 쫓아오지 않는 모양이네요……."

자넷은 가슴을 누르며 호흡을 가다듬었다.

"으으으…… 무서웠어요……."

페리스는 움찔움찔 떨며 앨리시아에게 안겼다.

"마력 흐름을 짚어가는 거, 처음부터 다시 시작해야겠네……."

테테루가 낙담했다.

"아, 그건 괜찮아요! 이쪽으로 흐르는 모양이니까요!"

페리스는 마음을 가다듬고서 다시 마력을 추적하기 시작했다.

마력의 흐름이 지나는 것은 떠들썩한 상점가 안이었다.

폭넓은 도로의 양옆에 채소와 생선, 고기를 파는 노점이 늘어서 있었다. 장사꾼의 호객 행위나 손님들의 가격을 깎는 목소리, 복잡한 소리가 뒤섞여 활기가 가득했다. 그 너머에는 대장간과 잡화점, 양복점 등이 줄을 이었다.

"쿵쿵…… 쿵쿵쿵……."

테테루가 냄새를 맡으며 주변을 서성이기 시작했다.

"테테루 씨? 뭐 하세요?"

페리스가 멈춰 서서 물었다.

"또…… 그 냄새가 나……."

"그 냄새라니, 뭐 말이죠?"

"왜, 그거 말이야…… 선생님 냄새…… 여기다!"

"꺅?!"

테테루가 세차게 가리키자 화초 뒤에서 롯테 선생님이 껑충 뛰었다. 오늘은 학교에 있을 때와 같은 옷을 입고 있었다. 옆에는 수수한 복장의 일라이자 선생님도 있었다.

"아, 안녕. 테테루는 굉장하네~. 오늘은 향수도 바꿨는데."

롯테 선생님은 초조한 표정으로 화분 뒤에서 나왔다.

"그러니까 말했잖습니까……. 잔재주로 넘길 수 없다고."

일라이자 선생님은 무뚝뚝한 표정이었지만, 그것은 평소와 마찬가지였다.

"하지만 롯테 선생님의 땀 냄새가 났으니까요! 이 냄새, 기억하고 있으니까!"

"하하하…… 조금 부끄럽네……."

테테루가 달려들자 롯테 선생님은 목덜미의 땀을 닦았다. 페리스 일행을 미행할 때 달리다 땀을 흘렸는데 그 탓에 들킨 듯하다.

"선생님들은 뭐 하고 있어요?"

"물건 사러 오셨나요?"

테테루와 페리스가 천진난만한 얼굴로 물었다.

"으, 응. 뭐, 그렇지. 그렇지? 일라이자 선생님."

"네…… 뭐."

롯테 선생님이 시선을 보내자 일라이자 선생님은 떨떠름하게 끄덕였다.

"일라이자 선생님이 쇼핑하러 나오다니 의외로군요."

"물건을 사지 않으면 제가 어디서 상품을 손에 넣겠습니까?"

롯테 선생님은 어깨를 으쓱였다.

"해적처럼 강탈할 거라고 생각하지 않을까?"

"네?"

일라이자 선생님의 눈빛이 번뜩이자 소녀들이 위축됐다.

"그, 그런 식으로 생각한 적 없답니다! 쇼핑하러 나올 타입으로는 보이지 않았을 뿐이에요!"

다급히 말을 덧붙인 자넷. 롯테 선생님은 손가락을 흔들었다.

"그게 사실 한다니까. 일라이자 선생님은 항상 고지식한 옷만 입잖아? 그러니까 조금은 귀여운 옷을 골라주고 싶었어!"

"무슨 말도 안 되는……."

"뭐 어때! 다음은 저 가게로 가자~!"

롯테 선생님은 얼굴을 찡그린 일라이자 선생님을 끌듯이 근처의 양복점으로 들어갔다. 페리스 일행은 멍하니 가게 밖에서 바라보았다.

작은 상점가의 양복점임에도 가게 안에는 제법 귀여운 옷과 액세서리가 있었다. 레이스나 프릴이 실내를 화려하게 장식하고 점원이 안쪽에 앉아 있었다.

일라이자 선생님은 가게 안을 둘러보고서 불쾌한 듯이 관자놀이에 손을 얹었다.

"……전 이런 가게가 싫습니다. 머리가 지끈대는군요."

"너무 그러지 말고! 저 아이들한테 미행한다는 걸 들키면 곤란하잖아?"

"그건 그렇습니다만……."

"그러니까, 응? 우선 이 미니스커트와 블라우스를 입어보자!"

롯테 선생님은 리본이 가득 달린 귀여운 양복을 재빠르게 발견하고서 몸 앞에 펼치고는 일라이자 선생님에게 다가갔다.

"필요 없습니다."

"필요해~. 입어보지 않으면 수상하게 여길 테니까."

"적어도…… 더 교사다운 평범한 옷은……."

"이게 이 가게에서 평범한 거야! 자, 마음을 굳게 먹고, 입어보자, 입어봐!"

반짝이는 눈동자. 강경한 동료에게 억지로 귀여운 옷을 입힐 일생일대의 기회다 보니 롯테 선생님의 기세가 정상이 아니었다.

"큭…… 나중에…… 후회할 겁니다……."

일라이자 선생님은 이를 갈며 하늘하늘한 스커트를 쥐고서 시착실 안으로 사라졌다. 롯테 선생님은 확실히 뒤가 무서웠지만 지금은 본능에 충실히 따를 뿐이다.

그런 교사들의 모습을, 소녀들이 거리에서 멍하니 바라보았다.

"쇼핑…… 즐기는…… 모양이네요?"

"롯테 선생님도 용기 있다……."

"일라이자 선생님이 진짜로 입을까……?"

"어른들 세계는 잘 모르겠어요……."

일단 그 자리에 머물기 두려웠기에 서둘러 떠나기로 했다. 언제 일라이자 선생님의 열화와 같은 분노가 터질지 알 수 없으니 불똥이 튀기 전에 피하고 싶다.

마력의 흐름은 상점가에서 뒷골목으로 이어져 술집으로 들어갔다.

이제 저녁도 가까워졌다 보니 술집은 손님으로 북적였다. 점원도 손님도 투박하고 거친 사람들뿐. 진한 알콜 냄새가 풍기는 것이 소녀들에게는 조금 자극이 강했다.

그리고 술집의 중앙에 매달린 나무통 장식에 사방팔방에서 마력이 흡수되었다. 페리스는 밖에서 나무통을 가리켰다.

"저, 저거예요! 저 통 안으로 마력이 모이고 있어요!"

"살짝 마법진이 보이는 걸 보니…… 저 통은 커스드 아이템 같네."

"저주받은 아이템이라는 거야?"

테테루가 주먹을 쥐고서 전투태세에 들어갔다.

"응. 장기까지 감도는 걸 보면 확실해."

"그럴 수가……. 지맥 사냥꾼이 아니었나요?"

"지맥 사냥꾼에 너무 고집하잖아. 지맥 사냥꾼은 모기랑 비슷했는데 생김새부터 다르지?"

"크으으으……."

자넷은 분한 모습이었다.

"하지만 지맥 사냥꾼도 커스드 아이템의 일종이지. 그리고 여기에도 커스드 아이템…… 우연인 것 같지 않아."

앨리시아는 생각에 잠겼다. 가능하다면 우연이었으면 좋겠지만, 그런 것치고는 지나치게 작위적이다. 마치 누군가가 재앙을 바라는 것처럼 불길한 느낌이었다.

"어쨌든 저 커스드 아이템의 저주를 풀면 딸기가 날거나 작물이 시드는 것도 괜찮아지는 거죠?"

"아마도. 하지만 커스드 아이템의 저주를 풀기엔 상당히 복잡한데…… 저주를 분석해서 효과가 있는 정화 마술을 조사해야 하고……."

"제가 힘낼게욥…… 히끅!"

"히끅……?"

"페리스……?"

딸꾹질을 한 페리스를 자넷과 앨리시아가 빤히 바라보았다. 페리스는 뺨을 붉게 물들이고서 눈이 흐릿해진 상태였다.

"흐아…… 어쩐지 몸이 가벼워져요…… 구름 위를 둥실둥실 떠다니는 것 같아유…… 히끅!"

"설마…… 페리스, 술 냄새만으로 취한 거니? 이 거리에서?"

"에헤헤, 취하지 않았으어뇨……."

"완벽하게 취했잖아요! 그리고 그런 페리스도 귀여워요오오오!"

자넷은 페리스라면 뭐든 좋다.

"에효, 안 돼, 페리스. 어린이는 취하면 안 돼."

"흐에……?"

"여기에 술을 깨는 약을 둘 테니까 내일부터 술은 적당히 해."

그렇게 말한 테테루가 말을 건 상대는 길가의 아기 고양이였다. 아기 고양이 앞에 놓아둔 것은 잡초. 테테루도 눈이 흐릿하고 머리를 살랑살랑 흔들고 있었다.

"테테루도 제법 취한 모양이네……."

"곤란하네요. 전력이 순식간에 절반으로……."

무사한 것은 연장자인 앨리시아와 자넷뿐이다.

"그럼 이 가게로 들어가서 저주를 풀어요…… 히끅!"

페리스는 비틀대며 술집으로 들어가려 했다.

그러나 그 작은 몸에 커다란 그림자가 드리워졌다. 올려다보니 페리스보다 열 배는 크지 않을까 싶은 무뚝뚝한 점원이 가로막고서 있었다. 통나무 같은 팔은 털이 수북했고 짙은 구레나룻과 턱수염이 이어진 모습이었다.

"어린애는 출입 금지다. 더 어른이 된 다음 오렴."

점원은 두꺼운 목소리로 말했다. 평소라면 겁에 질렸을 페리스지만 지금은 술에 취한 탓에 의식이 확실하지 않아 혀 짧은 말로 호소했다.

"저기, 저기, 이 안에, 위험한 게 있는데요……."

"어쨌든 어린애는 안 돼. 안 되는 건 안 돼!"

점원은 완고하게 움직이지 않았다. 눈을 부릅뜨고 노려보자 소녀들은 뒷걸음질 쳤다.

"사람이 없을 때 올 수밖에 없겠군요……."

"네에…… 저 졸려요……."

"여기서 자면 안 돼."

말하는 사이에 페리스가 자넷에게 다가가 잠들자 자넷은 기절할 것만 같았다. 안아주는 것은 부끄럽고, 그렇다고 지탱해주지 않으면 페리스가 쓰러질 테고, 어떡하면 좋을지 혼란에 빠졌다.

"페리스는 내가 업을게~!"

테테루는 그렇게 주장하며 길가에서 몸을 둥글게 웅크리고 누워 수마의 먹잇감이 됐다. 기분 좋은 듯한 숨소리. 술집 냄새의 위력이 장난 아니다.

결국 이날은 앨리시아가 페리스를, 자넷이 테테루를 각각 업고서 어떻게든 별장까지 되돌아갔다.

페리스가 눈을 뜨자 별장 침실의 침대에서 누워 있었다.

"어라……? 내가…… 어째서……?"

기억이 날아갔다. 아마 아까까지 모두와 함께 마력의 흐름을 따라갔을 텐데. 어째서 침대에 누워 있는지 상황을 알 수 없었다.

창밖 하늘은 밤의 장막에 뒤덮였고 방의 불빛도 꺼져 있었다.

옆에는 앨리시아가 잠옷 차림으로 잠들어 있었다. 깨닫고 보니 페리스도 잘 때 입는 원피스를 입고 있었다. 분명 앨리시아가 갈아입혀 주었으리라.

페리스가 침대 위에서 멍하니 있으니 창문 옆에 모자를 쓴 소녀의 모습이 보였다. 평소처럼 신기한 분위기로 페리스에게 손짓했다.

"왜요……?"

페리스가 솔직하게 창가로 다가가니, 거기서 보이는 것은…… 불꽃이었다. 도시가 불타고 있었다. 저것은 낮에 마력의 흐름을 추적하다 도착했던 도시다.

"애, 앨리시아 씨! 큰일이에요! 큰일이에요!"

페리스는 깜짝 놀라 침대로 달려가 앨리시아의 몸을 흔들었다.

"왜 그러니……? 아직 아침이 아니잖아……."

앨리시아는 비몽사몽 눈을 떴다.

"아침은 아니지만, 일어나세요!"

"안 돼, 페리스…… 착한 아이는 잘 자야지……."

"지금은 잘 때가 아니에요! 부탁이니까 창문을 보세요!"

페리스는 필사적이었다.

"창문……? 뭐니…… 하늘이 이상하게 밝은 것 같은데……."

앨리시아는 창문으로 다가간 뒤 손바닥으로 입을 가렸다. 자신도 모르게 창문에서 반걸음 뒤로 물러났다. 떠는 페리스를 팔로 안으며 바깥을 응시했다.

"밖이 큰일이라고요!"

"엄청난 일이 벌어졌어!"

기세 좋게 문이 열리며 자넷과 테테루도 방으로 뛰어 들어왔다.

도시의 하늘에는 섬광이 일고 어떤 파편 같은 것이 오갔다. 회오리가 일고 물기둥이 솟았다. 폭발음이 울리고 별장의 벽이 파르르 떨렸다.

"무슨 일이 일어난 건가요?!"

"여기서는 모르겠어!"

"호, 혹시 낮에 봤던 커스드 아이템이……."

페리스는 작은 몸을 바르르 떨었다. 자신이 커스드 아이템의 저주를 곧바로 풀지 않은 탓에 참상이 일어난 것이라면…… 그렇게 생각하게 된다.

"저, 보고 올게요!"

"난 먼저 가 있을게!"

방에서 나간 페리스, 창문에서 뛰어내린 테테루.

"잠깐?! 가까이 가면 위험해!"

"하지만 저 때문이잖아요! 제가 책임지고 어떻게든 해야 해요!"

본래 열 살 소녀에 불과한 페리스에게 커스드 아이템을 처리할 책임은 없다. 그러나 그런 식으로 생각하지 못하는 것이 페리스다. 그저 사람들이 걱정돼서 어둠 속으로 달려가지 않을 수 없었다.

"저 아이들만 보낼 수는 없어요!"

"우리도 가자. 페리스가 무리하지 않도록."

느긋하게 옷을 갈아입을 여유가 없다. 자넷과 앨리시아는 자신의 지팡이만을 들고서 페리스 일행의 뒤를 쫓았다. 도중에 다니엘라와 메이드장들에게 붙잡힐 뻔했지만 어른들 사이로 빠져나와 별장에서 뛰쳐나왔다.

소녀들은 시커먼 밤길을 넘어질 듯이 달리며 도시로 갔다. 테테루는 나무에서 나무로 뛰며 페리스 일행의 훨씬 앞을 달렸다.

도시에 도착하니 그곳은 혼돈으로 가득했다.

사람들의 비명, 무너지는 민가, 날아가는 마차. 여기저기서 불길이 오르고 분진과 연기가 회오리쳤다. 돌멩이가 비처럼 쏟아지고 길바닥이 맥을 뛰었다.

그 중심에 있는 것은…… 거대한 목제의 『무언가』였다.

몸체는 페리스 일행이 입점을 거절당한 술집으로 보였다. 아니, 문과 창문의 배치 등으로 볼 때 분명 그 술집이리라.

그러나 이상한 손발 같은 것이 달렸고 창문에는 커다란 눈알이 번뜩였으며 그 손발이 날뛰어 주변 건물을 부수고 있는 등 모든 것이 이상했다.

술집의 지붕에는 낮에 본 커스드 아이템, 나무통이 튀어나와 있었고 그 통에서 혈관과 같은 줄기가 잔뜩 자라 술집의 벽에 찰싹 붙어 있었다. 그 줄기는 그로테스크하게 맥을 뛰었고 깜박이며 마력의 덩어리를 통으로 보내고 있었다.

"역시 커스드 아이템이에요!"

"흐아아아아…… 어쩌죠……."

페리스는 창백해져서는 몸을 떨었다. 전에 봤을 땐 통만 장기에 물들었을 뿐이라 이렇게까지 규모가 커질 줄은 몰랐다.

소녀들이 도시 밖에서 멍하니 있자니 일라이자 선생님과 롯테 선생님의 모습이 보였다. 혼란의 중심지에 서서 용맹하게 선 모습이었다.

"얼음의 숨결, 혹박한 창공의 사자여, 내 적을 지배해라…… 프로스트 러시!"

롯테 선생님이 귀여운 지팡이를 들고서 영창을 읊었고, 생겨난 마법진에서 냉기의 안개가 급속도로 퍼졌다. 건물에 옮겨붙으려던 불꽃이 빠르게 얼어붙었다.

"어둠은 안식이며 그대는 제물이니. 온화한 무지를 가져오라…… 보어 블러드."

일라이자 선생님이 지팡이를 대신하는 교편을 휘두르자 칠흑의 어둠이 막처럼 떠올라 커스드 아이템에 들러붙었다.

"빌어먹으으으으을! 안 보이잖아아아아아아!"

커스드 아이템은 시야를 빼앗겨 격노의 포효를 울렸다. 아무래도 인간의 말을 이해하는 타입의 마법 생물인 듯하다.

선생님들은 전력으로 도시를 지키려 하는 모양이지만 적의 기세가 너무나도 거셌다. 파괴의 소용돌이가 확대될 뿐이라 주민들이 계속해서 쓰러졌다.

"아! 페리스!"

롯테 선생님이 소녀들을 발견하고서 눈을 동그랗게 떴다. 일라이자 선생님이 거칠게 말했다.

"뭣 하러 왔습니까! 돌아가세요! 어린아이는 집에서 얌전히 잠들 시간입니다!"

"도, 돌아갈 수 없어요! 이건 전부 제 탓이니까요!"

페리스는 일라이자 선생님의 호령에 날아갈 것만 같으면서도 열심히 호소했다. 지금만큼은 안전한 곳에서 손가락을 빨고 있어선 안 될 것 같았다.

"커스드 아이템의 폭주를 허락한 것은 도시의 위병이 무능한 것이 원인, 어린아이 따위에 책임은 없습니다! 사라지세요!"

"하지만, 하지만! 전 내버려 둘 수 없어요!"

일라이자 선생님에게서 도망치는 페리스.

"어째서 따르지 않습니까?!"

노성이 울렸지만 겁먹고 있을 때가 아니다. 앨리시아 일행도 페리스와 함께 선생님이 있는 방향을 피해 도시로 돌입했다. 죽을 각오로 도망치는 주민들의 흐름을 거슬러 올라 커스드 아이템이 날뛰는 중심지로 계속 뛰었다.

소녀들은 서둘러 마술을 사용해 커스드 아이템을 공격했다. 그러나 커스드 아이템은 폐허의 잔해로 만들어진 수많은 팔로 공격을 막았다. 페리스의 마술로 팔이 날아갔지만 그 팔조차 순식간에 잔해로 재구성됐다.

"이거…… 아무리 해도 의미 없지 않아?"

황당해하는 테테루. 말하는 도중에도 길가의 돌을 던져 커스드 아이템의 팔을 부쉈지만, 파괴보다 재생이 더 빨랐다.

"본체인 통을 술집에서 떨어뜨리면 공격할 수 있지 않을까……."

"본체까지 공격이 닿지 않아요!"

"제가 말을 걸어 주의를 끌겠어요! 그 사이에 페리스가 공격을!"

"네!"

페리스는 용기를 짜내며 주먹을 쥐었다.

자넷은 허리에 손을 얹고서 당당하게 입술을 살짝 손가락으로 닦았다.

"……그리고 어쩌면 제 화술이라면 커스드 아이템과 대화하는 것으로 저주가 풀릴지도 모르니까요."

"그건 무리가 아닐까."

앨리시아는 솔직한 반응을 보이고 말자 자넷이 화를 냈다.

"어째서 무리인가요?! 제겐 화술이 없다고 말하고 싶은 건가요?!"

"진정해, 자넷. 그런 말은 아니야. 네 화술에 기대할게."

앨리시아는 힘주어 고개를 끄덕였지만 눈이 살짝 웃고 있었다.

"이래서 구덴베르트 사람은!"

자넷은 발을 동동 구르면서도 용감히 나무통 커스드 아이템에게 말을 걸었다.

"잠깐, 거기 당신! 적당히 하지 않으면 화낼 거예요! 그렇게 날뛰면 이곳 사람들이 폐가 되잖아요!"

저주받은 존재에게 정론으로 항의하는 아가씨, 그것이 자넷 라인츠리히다. 괜히 마법 학교에서 분위기 파악 못하는 학생 순위 연속 1위에 등극한 것이 아니다.

커스드 아이템은 천천히 술집을 돌려 자넷 쪽으로 통나무의 정면을 돌리고서는 느긋하게 내려다보았다. 눈이 어디에 있는지는 모르겠지만 아마 얼굴을 돌렸을 것이다.

커스드 아이템은 엄청나게 큰 목소리로 말했다.

"난 날뛰지 않았어! 식사하고 있을 뿐이야!"

"식사……?"

당황한 자넷.

"그래! 난 나무통이야! 물건을 넣는 게 사명이자 레종데트르야! 그런데 내 일생은 뭐였지?! 통으로 써주지 않고 한심한 장식품이 되어 술집 천장에 매달려 텅 빈 채 살았어! 난 텅 비었어! 나라는 존재는 텅 비었어! 그러니 난 이렇게 자신의 아이덴티티를 확립하기 위해 되도록 자신의 안에 물건을 넣으려는 거라고오오오오오오!"

그렇게 단번에 쏘아붙이고서는 거대한 팔을 뻗어 가까운 민가에서 지붕을 뜯어내 통의 입으로 보이는 부분에 쩔러 넣어 씹었다.

"레종, 데트르……? 아이덴티티……?"

페리스는 영문을 알 수 없어 혼란에 빠졌다.

"……어쨌든 쓰러뜨릴 수밖에 없다는 거구나."

"어쩐지 그런 느낌이 들기 시작했네요."

"이야기가 전혀 통하지 않으니까."

"하지만 되도록 먼저 대화를……."

페리스는 그렇게 말했지만.

"후하하하하하! 나무통의 안에는 인간도 들어갈 수 있지! 아이덴티티이이이이이이!"

커스드 아이템은 한층 크게 외치며 주민들 쪽으로 돌진했다.

"으아아아악! 건물이 달려온다아아아!"

"도와주세요!"

"내가 뭘 했다는 거냐! 술인가! 술을 너무 마신 건가!"

"집에는 아내와 세 딸이 기다리고 있어! 목숨만큼은!"

주민들은 패닉에 빠져 도망쳤다.

"플래시 봄버!"

페리스는 재빨리 손바닥을 내밀고 그렇게 외쳤다. 그 손에서 고에너지 빛의 덩어리가 쏘아져 커스드 아이템을 날려버렸다.

"쿠오오오오오오오오?!"

커스드 아이템은 큰 목소리를 내며 넘어졌다. 동체인 술집의 창문이 깨지고 벽에 균열이 일었다. 그리고 넘어지는 바람에 주변 민가까지 휘말려 네 집 정도가 납작해졌다.

커스드 아이템은 비틀대면서도 일어나 커다란 입에서 주르륵 침을 흘리며 페리스를 내려다보았다.

"으음? 으으으으으음? 너, 엄청 맛있을 것 같아! 널 안에 넣으면 내가 나다워질 것 같아! 나다움을 손에 넣을 수 있을 것 같아!"

"기분 탓이니까 그러지 마세요오오오웃!"

페리스는 다급히 도망쳤다. 되도록 커스드 아이템이나 술집을 다치게 하고 싶지 않고 도시를 망가뜨리고 싶지도 않다. 빨리 저주의 근원을 찾아야 한다.

쿵쿵 땅을 울리며 쫓아오는 커스드 아이템. 보폭이 작은 페리스는 금방 따라잡힐 것만 같았다. 짓밟히기라도 한다면 끝이다.

"페리스! 나한테 타!"

"고맙습니다!"

테테루가 페리스를 업고 달렸다. 야생아의 각력은 엄청나서 커스드 아이템과의 거리를 단번에 벌렸다. 쏟아지는 파편에 맞지도 않고 민첩하게 피하며 질주했다.

"저기, 지금 좋은 생각이 떠올랐는데!"

테테루는 달리면서도 숨을 헐떡이지 않고 말했다.

"뭔데요?!"

페리스는 소음에 뒤지지 않도록 열심히 성량을 올렸다.

"커스드 아이템의 나무통 주변을 향해 날 마술로 날려주지 않을래?! 그럼 내가 술집에서 직접 통을 뜯어낼게!"

"네에에?! 그건 너무 위험해요!"

"괜찮아, 괜찮아! 난 몸 하나는 튼튼하니까!"

"아무리 튼튼해도 안 되는 일이 있을 것 같은데요……."

"날 믿어! 어떻게든 할 테니까!"

"으으……."

그렇게까지 말하면 페리스도 반론할 수 없다. 여기서 테테루에게 맡기지 않는다면 친구를 믿지 않는 셈이 된다.

"아, 알겠어요……. 테테루 씨가 날고 싶은 곳까지 데려가 주세요."

"알았어!"

테테루는 더욱 속도를 올려 커스드 아이템의 뒤로 돌아갔다. 그 높은 기동력에 커스드 아이템은 따라잡지 못했다.

"여기서 부탁해!"

테테루는 빠르면서도 다치지 않도록 페리스를 땅에 내려놓았다. 페리스는 테테루의 등에 손바닥을 대고서 서둘러 언령을 읊었다.

"큰바람이여, 청렴한 숨결이여, 저자의 날개가 되어라…… 블래스트 브리즈!"

거센 바람이 폭발하고 땅에서 테테루의 몸이 쏘아졌다. 너무나 큰 돌풍에 마술을 사용한 페리스까지 뒤로 날아가 버렸다.

테테루의 몸이 불꽃처럼 밤하늘을 날았다. 테테루는 공중에서 요령 좋게 자세를 잡고서 날뛰는 술집의 지붕으로 다가갔다. 커스드 아이템은 기척을 깨닫고 팔을 뻗었지만 이미 늦어버렸다. 테테루가 나무통의 뒤에 도착해 달라붙었다.

"잡았다!"

술집 지붕에 발을 내딛고서 바람 마술의 추진력도 활용해 전력으로 통을 지붕에서 떼어냈다. 지면으로 떨어지는 테테루를 술집에서 뻗은 팔이 때리려 했다. 그러나 자넷과 앨리시아의 마술이 팔의 공격을 막았다.

통을 단단히 안은 테테루가 무사히 착지했다.

"내 아이덴티티가아아아아아아!"

비장한 절규와 함께 커스드 아이템이 조종하던 술집이 흔들렸다. 거대한 팔과 다리를 구성하던 파편이 갈라져 후드득 떨어졌다. 벽에 붙었던 기묘한 혈관이 검은 입자로 분해되어 소멸했다. 술집이 파편들을 뭉개며 지면으로 추락했다.

"해냈다! 잡았어!"

"흐아~! 테테루 씨, 굉장해요!"

통을 들고서 달려오는 테테루, 폴짝폴짝 뛰며 맞이하는 페리스.

"마, 말도 안 되는 방식이라고요……."

"뭐, 테테루는 무사한 모양이니까……."

자넷과 앨리시아는 표정이 굳어버렸다. 자넷은 바람 마술로 발사된 것이 테테루였으니 그나마 안심했지만 만약 페리스였다면 졸도했을 것이다.

"제길…… 당할 수 없지……."

나무통인 커스드 아이템이 원통한 신음을 내며 그 양옆에서 장기의 안개가 흘러나왔다. 장기에 닿은 파편이 움직이기 시작해 통으로 모이려 했다.

"그렇게는 안 되지!"

롯테 선생님이 가까이 달려와 얼음 마술을 행사했다. 통과 페리스 일행을 둘러싸도록 얼음 방법이 세워져 소재가 될 파편으로부터 격리했다.

"뭐, 뭐야, 지금 그 장기는……."

테테루는 기분이 나빠져 땅으로 통을 던졌다. 장기에 닿은 부분의 피부가 저릿저릿했다. 피부 표면의 문양이 빠르게 깜박였다.

소녀들은 통을 둘러쌌다.

"……이거, 어떻게 하실 거죠?"

"아직 저주가 풀리지 않은 모양이니 내버려 두는 건 위험하겠네……."

어떻게 대처할지 곤란해하니 일라이자 선생님이 구두 소리를 울리며 다가왔다. 얼어붙은 눈빛으로 통을 내려다보며 지팡이 대신의 교편을 들었다.

"어, 어떻게 하실 생각이세요……?"

페리스가 조심스럽게 물었다.

"당연한 일을 해야죠. 커스드 아이템을 불태울 겁니다."

일라이자 선생님은 교편으로 자신의 손을 쳐 소리를 냈다.

"하지만 그런 짓을 했다간 통이 죽어버릴 텐데……."

"죽는 것도 사는 것도 아닙니다. 인간에게 해를 끼치는 도구는 처분될 뿐. 거기 비키세요."

"아, 안 돼요! 죽이는 건 불쌍해요!"

페리스는 일라이자 선생님의 앞에서 두 팔을 벌리고 필사적으로 나무통을 지켰다. 커스드 아이템은 많은 사람에게 폐를 끼쳤을지도 모르지만 똑같은 말을 하는 상대를 간단히 죽일 수는 없었다.

"불쌍하다고요……? 어리석은. 여기서 커스드 아이템을 내버려 뒀다가 다시 도시에 피해가 생기면 어쩔 생각입니까?"

"그, 그건 곤란하지만…… 나무통 씨에겐 죄가 없어요!"

"뭐, 확실히 통에는 죄가 없지."

쓴웃음을 짓는 롯테 선생님.

"나무통을 심판하는 법률도 없고……."

중얼거린 앨리시아.

"통을 파괴하는 것을 막는 법률도 없습니다. 불태우지 않는다면, 당신은 이걸 어쩌겠다는 거죠?"

일라이자 선생님은 허리를 굽혀 가까운 곳에서 페리스의 얼굴을 내려다보았다.

"흐아아아아아……."

그 압도적인 체격 차, 박력 차에 페리스는 무릎이 꺾일 것만 같았다. 일라이자 선생님이 생각도 이해할 수 없는 것은 아니다. 그러나 받아들일 수는 없었다. 다른 해결책이 없을까 열심히 머리를 짜내면서 나무통을 응시했다.

"……? 어, 어라……? 뭘까요……?"

페리스는 통의 뒤에서 꼬물꼬물 흔들리는 물체를 가리켰다. 흐물흐물하고 검고 길었고, 그 끝이 지렁이처럼 꿈틀댔다.

"꼬리……일까?"

"어쩐지 굉장히 좋지 않은 예감이 드는데요……."

"페리스는 지렁이를 싫어했으니까."

"이, 이제 괜찮아요!"

"그럼 다음에 내 고향의 지렁이 음식을 대접할게!"

"그건 무리예요!"

힘껏 고개를 젓자 테테루가 입을 삐죽 내밀었다.

"뭐, 지렁이를 정말 좋아하게 됐다고 했으면서."

"아직 좋아하지는 않아요……. 그게, 이상한 분위기가 느껴지지 않나요? 뭐랄까, 저 꼬리 주변에서 검은 물결 같은 게 퍼지는 듯한……."

페리스는 꼬리를 바라보기만 해도 기분이 나빠졌다.

"나는…… 딱히 느껴지지 않아."

"저도……."

앨리시아와 자넷은 얼굴을 마주 보았다.

"어쨌든 저게 좋지 않은 것 같아요. 저걸 뽑으면 뭔가가 달라질 것 같은 기분이……."

"움찔움찔!"

나무통이 떨었다.

"움찔……?"

"아, 아무것도 아니야! 움찔대지 않았다고!"

"혹시…… 페리스에게 정곡을 찔렸어?"

테테루가 악의 없이 통나무를 들여다보았다.

"저, 정곡을 찔리다니 뭐가?! 애초에 그 꼬리를 생물이 만졌다간 순식간에 죽을 거라고! 마석과 비슷할 정도로 엄청난 마력이 담겼으니까! 만지지 마! 만지지 마라! 만지면 죽는다!"

필사적으로 주장하는 나무통의 뒤로 페리스가 아장아장 걸어갔다.

"에잇."

마치 꽃을 꺾는 듯한 가벼운 행동으로 꼬리를 쥐었다. 깜짝 놀라고서 고개를 갸웃했다.

"음…… 아무렇지도 않아요."

"잠깐?! 거짓말이 아니라고! 진짜로 죽는다고! 나도 만졌다가 1개월 정도 몸져누웠다고!"

"나무통이 몸져눕는다는 게 어떤 식일까?"

궁금해하는 테테루.

"정말로 괜찮은가요, 페리스?!"

자넷이 걱정했지만 앨리시아는 미소 지었다.

"마법은 통하지 않아. 페리스의 마법 내성은 무한이니까."

"정말?!"

"처음 듣는다고요!"

테테루와 자넷의 눈이 휘둥그레졌다.

"주위에 퍼트리고 싶지 않아서 말하지 않았어. 하지만 자넷과 테테루는 친구니까 말해도 괜찮을 것 같아. 너희를 믿으니까."

자넷은 얼굴을 붉게 물들였다. 뺨을 긁적이며 부끄러운 듯이 말했다.

"뭐, 믿어줘도, 괜찮은데요? 전 입이 무거운 편이니까요! 대화할 상대도 딱히 없으니까요!"

입이 무거운 것은 좋지만 상당히 불쌍한 이유였다.

"이 꼬리, 뽑아버릴게요!"

페리스는 천사와 같은 미소로 그렇게 말했다.

"그, 그만둬! 그만두라고! 내 아이덴티티라고!"

"에잇! 에잇, 에잇!"

열심히 당겼지만 꼬리가 뽑히지 않았다.

"나도 도울게."

페리스를 당기는 앨리시아. 그러나 아직 꼬리가 뽑히지 않는다.

"페리스를 꼭 안다니 너무하네요! 저도 돕겠어요!"

앨리시아를 당기는 자넷. 세 소녀는 힘을 합쳐 꼬리를 뽑으려 했다. 그러나 역시 힘이 부족했다. 꼬리는 나무통과 동화된 것처럼 박혀 있었다.

"왠지 토란 캐는 것 같네! 나도 할래!"

테테루가 자넷의 몸을 당기자 갑자기 상태가 바뀌었다. 세 사람 모두의 힘과는 비교할 수 없을 정도의 힘이 꼬리를 당겼다. 그뿐만이 아니라 자넷의 가녀린 허리가 뼈와 함께 부러질 것만 같았다.

나무통은 날뛰려 했지만 손발이 없으니 날뛸 수 없었다.

"아야야! 아야야야야야! 빠진다! 빠진다, 빠진다, 빠진다! 안 된다고! 정말 빠진다니까아아아아아아!"

뽕!

밝은 소리와 함께 고리가 뽑히고 소녀들은 겹쳐져서 엉덩방아를 찧었다.

"흐아, 뽑혔어요."

앨리시아의 몸 위에서 한숨을 쉰 페리스.

"잠깐! 무겁잖아요! 빨리 비켜주세요!"

"어머, 난 무겁지 않아. 간식도 제대로 조절하고 있으니까."

"아무래도 좋으니까 비켜주세요!"

앨리시아에게 깔려 비명을 지른 자넷. 소녀들은 손발이 여기저기 엉켜 쉽게 움직이기 어려웠다. 함부로 움직였다간 머리카락이 뜯길 것만 같았다.

그런 소녀들의 앞에서 나무통에 이변이 일어났다. 꼬리가 꽂혔던 곳에서 구멍이 생기고, 마치 병에서 마개가 빠진 것처럼 슉슉 검은 안개가 흘러나왔다. 그것과 동시에 나무통에서 흉흉한 아우라, 악한 마력의 파동이 줄어들었다.

"이건……."

일라이자 선생님은 교편을 쥐고서 눈을 크게 떴다.

"정화……되고 있어……?"

롯테 선생님도 멍하니 바라보았다.

나무통의 커스드 아이템에 흡수됐던 막대한 마력이 계속해서 해방되어 썰물이 나가듯 원래 있던 곳으로 돌아갔다. 육안으로도 보일 정도로 농후한 마력의 흐름이 도시의 상공을 출발해 팔방으로 날아갔다.

페리스는 열심히 일어나 나무통 쪽으로 달려갔다.

"나, 나무통 씨. 이제 나쁜 짓은 하지 않겠다고 약속해주세요. 분명 선생님도 이해해주실 거예요. 저도 같이 사과할 테니까요!"

어째서 페리스가 사과한다는 것인지 이 자리에 있는 모두가 이해하지 못했지만 필사적인 애원에 통나무는 힘없이 답했다.

"나쁜 짓, 안 해……. 이제 그럴 기분도 아니고……. 다만 난 슬펐을 뿐이라고. 한 번 정도는 자신의 안에 물건을 넣어보고 싶었을 뿐이야……. 나무통으로 써줬으면 했다고……. 그렇게 생각하니 어쩐지 검은 그림자 같은 여자가 『소원을 이뤄준다』고 내게 말해서……."

테테루가 둥글게 만 손을 입가로 가져갔다.

"검은 그림자 같은 여자……? 누구지……?"

"일부러 이 커스드 아이템을 만든 사람이 있다는 건가요? 혹시 지맥 사냥꾼을 만든 이와 같은 사람인 건……."

자넷은 기분 나쁜 예감이 들어 오싹 몸을 떨었다.

"어, 어째서 그런 짓을 하는 건가요?!"

"잘 모르겠지만…… 조심하는 편이 좋겠어."

앨리시아는 인상을 썼다.

"하아, 좋았었는데. 도시를 전부 빨아들이면 나답게 됐을 텐데……."

나무통은 계속해서 한숨을 쉬었다. 커스드 아이템인데도 이상하리만치 인간 같았다. 어딘가 미워할 수 없다고나 할까 내버려둘 수 없는 분위기가 있었다.

"저, 저기, 자신답게라든가, 딱히 고민하지 않아도 될 것 같은데요!"

페리스가 말하자 나무통이 깜짝 놀랐다.

"그게 무슨 말이야?"

"그게, 저기, 나무통 씨는 나무통 씨고, 예쁘니까 장식됐던 거고, 그건 나무통 씨가 특별한 통이라는 거잖아요! 그건 굉장한 일이라고 생각해요! 평범하게 물을 담는 것보다 훨씬 더 굉장하다고 생각해요!"

충분한 설명은 아니지만 열심히 한 말. 페리스의 마음은 종족도 구조도 다른 커스드 아이템의 의식에까지 스며들었다.

"그렇군……. 그리고 보니 그런 건지도 모르겠네! 네 말을 들으니 어쩐지 그런 기분이 들어……! 난 유일무이한 존재! 세계에서 가장 위대한 존재였구나!"

"페리스는 그렇게까지 말하지 않았잖아요?"

자넷은 그렇게 지적했지만 나무통은 듣지 않았다.

"좋아, 난 굉장해…… 난 굉장하다고…… 이 굉장한 내가 술집

으로 돌아가 어리석은 자들을 다시 천장에서 내려다봐 주지······
후하하하하!"

유난히 상쾌해하는 나무통은 데굴데굴 굴러 술집 안으로 돌아갔
다. 그대로 벽을 뛰어올라 원래대로 천장에 매달려서는 움직이지
않게 됐다.

그대로 정적이 흘렀다.

날뛰던 술집이 조용해지고, 시끄러웠던 나무통이 침묵하고, 도
시의 밤이 숨결을 되찾았다. 풀벌레들이 힘껏 울어댔다.

"해결······된 거지?"

"그러네요······. 어쩐지 석연치 않지만요······."

"어쨌든 커스드 아이템이 아니게 된 모양이네."

"나무통 씨가 자상해져서 다행이에요!"

소녀들은 안도하며 어깨의 힘을 뺐다. 그 뒤에서 한숨 소리가 들
려와 페리스는 뒤를 돌아보았다. 확인하니 일라이자 선생님이 떨
떠름한 표정으로 허리에 손을 얹고 있었다.

"저, 저기······ 선생님······."

페리스가 제멋대로 군 것을 사과하려 하자, 일라이자 선생님은
미간을 찌푸렸다.

"정말이지······. 어떻게든 해결됐으니 다행이지만, 만약 커스
드 아이템이 허를 찔러 공격했더라면 어쩔 생각이었습니까?"

"죄, 죄송해요······."

"사과를 요구하는 게 아닙니다. 당신의 마술을 많은 사람들 앞
에서 쓰는 것도 좋지 않은 일입니다. 조금 더 자신에 대해 생각하

지 않으면 언젠가 자멸할 겁니다."

"흐에……?"

아무래도 혼나는 게 아니라는 것을 깨달은 페리스는 입을 반쯤 벌렸다. 한 시간 정도는 설교 당하거나 엄청나게 아픈 꿀밤을 맞을 거라고 생각했었는데.

"뭐…… 제 알 바 아닙니다만."

일라이자 선생님은 그런 말을 남기고서 빠르게 몸을 돌려 그 자리를 떠났다. 그 뒤를 롯테 선생님이 쿡쿡 웃으며 따랐다.

"뭐지?"

"용서해주신…… 걸까요?"

"학교로 돌아가면 혼나는 건 아닐까요……?"

소녀들은 당황하며 서로를 마주 보았다.

"흐음……. 일라이자 선생님, 혹시……."

그런 일행 속에서 앨리시아만큼은 흥미로운 듯이 일라이자 선생님의 등을 바라보았다.

제14장 『그림책』

농원에 사람이 모였다.

근처 여기저기서 모인 농민들. 그 앞에서 사건 경위를 설명하는 것은 앨리시아다.

"……그렇게 이 주변의 토지에서 마력을 흡수하던 커스드 아이템은 저주가 풀렸으니, 이제 딸기가 하늘을 날거나 작물이 자라지 않게 될 일은 없을 거예요. 그렇지? 페리스."

"네……."

페리스는 앨리시아의 뒤에서 조심스럽게 얼굴을 내밀었다.

"어째서 페리스가 뒤에 숨는 건가요? 사건을 해결한 건 페리스니까 더 당당해지지 않으면 안 된다고요."

자넷이 황당해했다.

"으, 으으…… 죄송해요……."

그런 말을 들어도 페리스는 많은 사람 앞에서 설명하는 것이 거북하다. 제대로 이야기할 자신이 없고 어른들에게 둘러싸이는 것은 무섭다.

"딱히 사과하지 않아도 되지만…… 이건 페리스의 공이라고요."

테테루도 끄덕였다.

"그래. 페리스가 없었더라면 더 큰일이 됐을 테니까."

"그, 그렇지, 않아요……."

위축된 페리스를 앨리시아는 두 팔로 지키듯 감싸며 앞으로 데려왔다.

농민들에게 주목받은 페리스는 긴장됐지만 앨리시아에게 안겨 있으니 조금은 든든했다.

"토지에 원래대로 마력이 돌아오기까지 시간이 걸리겠지만…… 다음 계절에는 제대로 작물을 수확할 수 있게 될 거예요."

앨리시아가 말하자 농민들이 술렁였다.

"다음 계절이라……."

"견딜 수밖에 없지."

"아빠가 돈을 벌러 나가고, 어린아이를 고용살이 보내면 어떻게든……."

"우리 늙은이는 가만히 집 안에 숨어 견딜 수밖에……."

사건이 해결됐다지만 이번 수확은 기대할 수 없다. 그 묵직한 사실에 짓눌려 농민들은 솔직하게 기뻐할 수 없었다.

페리스에게 고마운 것은 물론이지만 그것 이상으로 앞으로의 생활이 암담해서 어쩔 수 없었다.

"아빠…… 우리 굶어 죽어?"

"아니…… 괜찮다. 괜찮을 거야."

어린아이가 옷자락을 당기자 농가의 남자가 고개를 저었다.

그러나 그의 표정은 어두웠다. 때가 들러붙은 옷은 소매가 터졌고 뼈가 도드라지는 손에는 힘이 담기지 않았다.

그런 모습을 본 페리스는 작은 가슴이 갑갑해지는 것만 같았다.

"저, 저기!"

견디지 못하고 큰 목소리로 농민들에게 말을 걸었다. 그들의 시선을 한 몸에 받아 긴장으로 목소리가 이상해졌지만 열심히 말했다.

"저기, 밭에 금방 마력을 되돌릴 수 없을지 조사했어요! 별장에 놓인 앨리시아 씨의 어머니의 마술서를 읽었는데, 그랬더니 커스드 아이템이 한 것을 반대로 하면 마력을 되돌릴 수 있을지도 모른다는 걸 알게 됐어요!"

"무슨 뜻이니?"

허리가 구부정한 할머니가 고개를 갸웃했다.

"그게 말이죠, 이 주변에 마법진을 그려서 커다란 의식을 벌이는 거예요! 커스드 아이템이 가져간 마력을 그 마법진으로 되돌린 다음 잘 나누면 토지에 마력이 되돌아올 거예요!"

페리스는 별장에서 가져온 마법 지팡이를 사용해 지면에 선을 긋기 시작했다. 그 작은 몸은 지팡이로 선을 긋는 것만으로도 벅차 보였다. 끙끙대며 노력하는 모습은 보는 사람이 더 걱정됐다.

앨리시아와 자넷, 그리고 테테루도 페리스를 도와 주변 일대의 농지 사이 거대한 마법진을 그렸다. 마술 지식이 없는 농민들은 어떻게 도와야 할지 몰라 멍하니 소녀들을 바라보았다.

땀을 흠뻑 흘리며 마법진을 모두 그린 뒤 페리스가 마법진의 중앙에 섰다. 가슴 앞에 손을 맞잡고 기도하듯 복합 마술, 자신이 만들어낸 언령을 읊었다.

"마나여, 생명이여, 대지의 은혜여! 쏟아지는 물과 타오르는 불꽃의 숨결이여! 내 힘이 되어 이 땅에 위대한 축복을!"

주변에 눈부신 빛이 채워졌다.

지면이, 풀과 나무가, 공기의 입자까지도 빛을 내며 힘을 되찾아갔다. 시들었던 이삭이 고개를 들고 메말랐던 흙이 충분한 습기를 머금었다.

페리스의 작은 몸이 신성한 빛에 감싸여 그 눈동자가 금색 광채를 냈다. 페리스를 중심으로 향기로운 바람이 일어 마력을 옮겼다.

그것은 마치 신들의 강림, 기적의 알현 같은 광경.

"뭐, 뭐지?!"

농민들은 깜짝 놀라고 경악했다.

빛나는 페리스의 주변으로 작물의 씨앗이 순식간에 싹트기 시작했다.

엄청난 기세로 줄기가 뻗고 잎이 열리고 덩굴이 자라고 꽃이 피더니 많은 열매를 맺었다.

모든 계절의 과일이 자라고 향긋한 향기가 번졌다. 순식간에 불모의 땅에서 이상향의 농원으로 변모한 것이다.

주변의 빛이 옅어지고 금색으로 빛나던 눈동자가 원래대로 돌아오니 페리스는 가볍게 한숨을 쉬었다.

"……후아. 마력을 이 주변 토지로 되돌렸어요. 그리고 지금까지 작물이 자라지 못했던 만큼 조금 도움을 받았어요."

함부로 자연의 은혜에 간섭하면 좋지 않다는 것은 페리스도 알지만 농원의 참상을 내버려 두기 어려웠다. 이 정도라면 용서해줄 거라는 생각이었다.

농민들은 숨 쉬는 것조차 잊고서 멍하니 섰다.

그 반응을 본 페리스는 다급해졌다.

"아, 죄, 죄송해요! 괜한 짓을 했나요?! 금방 원래대로 되돌릴게
요!"

그렇게 말하며 작물이 메마르기 위한 언령을 서둘러 계산하기
시작했지만.

"아가씨이이이이이이이이!"

"꺄아아아악?!"

밀려든 농민들에게 포위되어 압사할 것만 같았다.

"마술사 아가씨! 넌 천사라고! 아니, 신이야!"

"고마워…… 고마워……! 덕분에 돈 벌러 멀리 떠나지 않아도
돼!"

"아니, 이거라면 소작료도 제대로 낼 수 있겠다고!"

"네 덕분이야!"

"아가씨, 만세!"

"흐에에에에에에!"

저마다 고맙다고 외치는 농민들에게서 잔뜩 쓰다듬어지는 페리
스.

"페리스에겐 손가락 하나 댈 수 없어요오오오오규!"

도와주러 간 자넷까지 사이에 끼어 짓눌렸다.

"좋겠다! 어쩐지 재밌을 것 같아!"

테테루는 스스로 사람들 속으로 돌진해 더욱 떠들썩하게 했다.

"곤란하네……."

갑작스러운 혼돈에 앨리시아는 어쩔 도리가 없었다.

그리고 몇 시간 뒤.

페리스와 앨리시아, 자넷과 테테루 네 사람은 농원 중앙에서 파티를 즐겼다.

농민들이 서둘러 준비한 나무 테이블에 비장의 천을 깔고서 벌이는 파티. 디저트 메뉴는 물론 페리스가 굉장한 마법으로 빠르게 성장시킨 다양한 과일들이다.

그것을 농민들이 전통적인 과자와 파이, 타르트와 케이크 등으로 만들어 감사를 담아 페리스 일행을 초대한 것이다.

"음~!"

딸기 타르트를 입에 넣고서 그 달콤함에 몸부림치는 페리스.

"훌륭하네……."

황홀하게 키위 케이크에 혀를 내두르는 앨리시아.

"이 과자는 이름이 뭘까?"

잘 모르는 잼 형태의 음식을 먹은 테테루.

"꼭 만드는 방법을 알려주셨으면 좋겠군요!"

다양한 과자를 조금씩 맛보는 자넷.

모두가 정말 만족하는 수준이었다. 마법 학교에 있는 트레이유에도 학생들을 위한 간식 가게가 충실히 존재하지만 역시 갓 딴 재료에는 당해낼 수 없다.

시중을 들던 농가의 아주머니가 새카맣게 탄 얼굴로 미소 지었다.

"많이들 드세요! 우리가 할 수 있는 일이라곤 이런 것밖에 할 수 없으니까요! 마을을 구해주셨는데 이런 것들이라 죄송하지만……."

"엄청 기뻐요! 너무 맛있고 입안에서 살살 녹아요!"

페리스는 잔뜩 부풀어진 뺨을 손바닥으로 안았다. 자신은 대단한 일을 하지 않았는데 이렇게나 성대한 환대를 받으니 반대로 미안해졌다.

그런 페리스를 먼 나무 뒤에서 선생님들이 지켜보았다.

"저 정도의 마술은…… 괜찮겠지? 농가 사람들도 기뻐하고."

롯테 선생님이 일라이자 선생님의 얼굴을 들여다보았다.

농민들은 페리스가 쓴 복합 마술의 희소성을 모를 테니 어린 마도사의 정보가 새어나갈 걱정은 없을 것이다.

"이제 모릅니다."

일라이자 선생님은 한숨을 쉬었다.

"머리가 아픈 것 같은 얼굴이야."

"머리가 아프니까요. 저 아이는 경계심이 너무 부족합니다."

"뭐, 그 점이 페리스의 좋은 점이지만."

롯테 선생님은 웃었다. 일라이자 선생님이 걱정하는 것도 알지만 힘을 아끼게 된다면 페리스답지 않은 것도 같다.

"저기, 우리도 가자! 모처럼 왔으니 파티에 참가하자!"

"잠깐만요. 끌어당기지 마세요. 저는 일하는 중입니다."

"뭐 어때!"

롯테 선생님은 꺼리는 일라이자 선생님을 끌고 학생들이 있는 테이블로 달려갔다.

다음 날은 비가 많이 내렸다.

해가 조금도 들지 않는 세계. 두꺼운 구름에서 집요하게 쏟아지는 비는 침체된 것처럼 보였다. 바람이 기분 나쁜 소리를 내며 새까만 비가 창문을 두드렸다.

페리스는 모자 쓴 소녀가 복도에서 『검은 이』라고 속삭였던 것을 떠올렸다. 그것은 혹시 이가 아니라 비라고 말하고 싶었던 건지도 모른다.

"으, 아쉬워요. 모처럼 바다에 왔는데……."

페리스는 별장 창문에서 바깥을 바라보며 탄식했다. 거센 장대비가 바다를 탁하게 했다. 당연한 일이지만 모래사장에 나온 사람은 아무도 없었다.

화산에 좋지 않은 짓을 하던 지맥 사냥꾼을 쓰러뜨리고 나무통의 커스드 아이템도 정화해 간신히 평온한 해수욕을 즐길 수 있으리라 생각했는데 이런 날씨. 귀중한 휴가를 아무것도 하지 않고 보내다니 너무나도 아깝다.

"페리스도 참, 그렇게 헤엄치고 싶니?"

앨리시아가 작게 웃었다.

"헤엄치고 싶어요! 왜냐하면 다 함께 헤엄치는 거, 엄청, 엄청, 엄~청 즐거웠으니까요!"

두 팔을 벌린 열변에 테테루도 동의했다.

"맞아. 역시 이런 곳에 오면 헤엄치지 않으면 손해지."

"네! 또 자넷 씨에게 헤엄치는 법을 배우고 싶어요!"

페리스의 말을 듣고서 자넷이 의욕을 냈다.

"그렇게까지 말한다면…… 어쩔 수 없군요! 우천 강행할 수밖에 없겠어요!"

"태풍이 부는데?!"

"괜찮아! 바다에 들어가면 젖는 건 마찬가지니까!"

"마찬가지가 아니라고 생각해!"

"태풍이든 회오리든 상관없답니다! 페리스의 미소를 보기 위해…… 전 태풍을 쓰러뜨리겠어요!"

의욕이 가득했다. 솔직히 자넷이 지맥 사냥꾼을 퇴치할 때 헤엄친 것은 급해서 발휘된 괴력이었으니 페리스에게 헤엄을 잘 가르쳐줄 수 있는지 걱정이지만…… 부탁한다면 답해줄 수밖에 없다. 무엇보다 일단은 페리스의 귀여운 손을 잡고 물장구를 시키는 행복을 맛보고 싶었다.

"아무리 그래도 지금 날씨에 헤엄치는 건 너무 무모해. 페리스가 물에 빠지기라도 하면 큰일이니까."

"그건…… 뭐……."

자넷은 인정할 수밖에 없었다.

"그렇지? 오늘은 얌전히 별장에서 지내자."

"하지만 뭘 하면 좋을까요?"

고개를 갸웃한 페리스. 마법 학교라면 도서관에 가서 지적 호기심을 채울 수 있겠지만 남의 별장에서는 무엇이 어디에 있는지도 알 수 없고 멋대로 책을 뒤지다간 혼날 것이다.

"이곳 다락방은 많은 장난감이나 책이 있대. 우리 어머님이 어린 시절 자주 이 별장으로 놀려오셨는데, 그때 읽은 그림책 같은 걸 다락방에 넣어놓았대."

"옛날 장난감이라. 보고 싶어!"

테테루의 눈이 반짝였다.

"내가 쓰고 싶으면 써도 괜찮다고 했으니 잠깐 찾으러 가볼까?"

"보물찾기 같아서 두근거려요!"

앨리시아가 방에서 나가자 페리스는 기뻐하며 따라갔다. 자넷과 테테루도 늦지 않게 뒤를 따랐다. 떠들썩한 이야기 소리가 복도에 울렸다.

소녀들이 떠난 방에서 괘종시계의 추가 천천히 움직임을 멈췄다.

"콜록, 콜록, 콜록…… 머, 먼지가 엄청나네요."

"새까매요!"

"앗?! 누가 내 얼굴 밟았어?!"

"어째서 발밑에 얼굴이 있는 건가요?!"

"기다려……. 지금 불을 켤게."

앨리시아가 든 휴대용 등불에 빛 마술의 힘이 불을 밝혔다. 그 빛은 어스름하게 주변을 밝혀 다락방의 모습을 밝혀주었다.

물건, 물건, 물건. 가구, 책, 지팡이, 검, 방어구, 양복. 다양한 물건이 여기저기에 산더미처럼 쌓여 다락방을 가득 채웠다.

등불의 빛줄기를 받아 먼지가 반짝반짝 빛나며 주위를 맴돌았다. 케케묵은 냄새, 그리고 시간을 담은 듯한 냄새가 소녀들의 코를 간질였다.

"오랫동안 정리하지 않은 모양이네……."

"아름답……지는 않군요. 아래에서 책이나 찾는 편이 좋을까
요……."

순수한 귀족 아가씨인 앨리시아와 자넷은 꺼리는 모습이었다.

그러나 페리스와 테테루는.

"와~, 와~! 보물이에요! 좋은 게 잔뜩 있을 것 같아요!"

"굉장하다! 신기한 냄새로 가득해!"

엄청나게 들뜬 모습이었다. 애초에 페리스는 오랫동안 마석 광
산에서 진흙투성이가 되어 일했었으니 다락방 정도는 그다지 지
저분하다고 느끼지 못했다.

그것보다 오히려 이 공간에 깃든 미지의 기척에 흥분했다.

앨리시아와 자넷은 얼굴을 마주 보았다.

"이렇게까지 기뻐하니……."

"어쩔 수 없군요!"

쿡쿡 웃는 두 사람.

예전보다 상당히 친해진 두 사람이지만, 자넷은 어쩐지 그런 관
계가 진정되지 않았다.

'라이벌과 웃다니, 제가 어떻게 된 거죠?!'

그렇게 수치심에 몸을 꼬았다.

앨리시아는 등불로 주변을 밝히며 다락방 안쪽으로 들어갔다.

"어머님이 쓰신 장난감은 하얀 장롱에 들어 있다고 메이드장이
말했는데……. 어디 있을까……?"

"이거 아니야!? 새하얗잖아!"

테테루가 힘차게 가리켰다. 귀여운 디자인의 어린이용 장롱. 겉이 전부 하얘서 잡다한 다락방 안에서 유독 눈에 띄었다. 다리와 금속 조각이 부드러운 곡선을 그리는 것이 지금도 그 아름다움을 잃지 않았다.

자넷은 장롱을 빤히 바라보았다.

"정말 아름다워요……. 제 방에 두고 싶을 정도네요."

"원한다면 줄까? 아마 내가 마음대로 해도 좋은 가구일 테니까."

"그, 그건 미안하죠! 이건 앨리시아의 어머니가 쓰시던……."

말을 멈추고 머뭇대는 자넷.

"……신경 쓰지 마."

앨리시아는 어깨를 으쓱이며 웃었다. 장롱의 서랍을 열고서 등불로 확인하며 안에 든 것들을 꺼냈다.

페리스와 테테루가 그것을 앨리시아에게서 받아 바닥에 내려놓았다. 봉제 인형, 목각 인형, 보드게임, 책, 악기, 지팡이, 소꿉놀이 세트 등 정말로 다양했다.

"어머님은 이런 장난감을 쓰셨구나. 어머님의 어린 시절에 대해 더 물어보고 싶었는데."

앨리시아가 먼 곳을 보는 눈으로 중얼거렸다.

"저도 듣고 싶어요. 어떤 사람이셨어요?"

"난 어른이 된 후의 어머님밖에 모르지만 자상한 분이셨어. 내가 병에 걸렸을 땐 계속 곁에서 머리를 쓰다듬어주거나 노래를 불러주시기도 했고."

"흐아아…… 멋져요. 저도 머리를 쓰다듬어주셨으면 좋겠어
요……."

페리스는 층계참에서 본 초상화를 떠올리며 그 그림의 귀부인에
게 안기는 모습을 상상하고 말았다. 생각하는 것만으로 가슴이 따
뜻해졌다.

테테루가 즐거운 듯이 손뼉을 쳤다.

"저기, 앨리시아의 어머니도 이 별장으로 부르면 어떨까? 사람
이 많은 편이 즐겁잖아! 앨리시아의 아버지라든가 마술사단장도
불러서!"

"저, 저희 아버님까지?! 아무리 그래도 그건 무리예요! 라인츠
리히 가문과 구덴베르트 가문이 얼굴을 마주하는 건!"

자넷은 다급히 고개를 저었다. 딸의 세대는 페리스 덕분에 어떻
게 친해질 수 있었지만, 두 가문이 오래된 피와 전쟁의 역사는 간
단히 뒤덮을 수 없다.

"뭐? 괜찮아~. 라인츠리히 대 구덴베르트로 체스라든가 카드
게임을 하면 친구가 될 거야!"

"친구는커녕 전쟁이 벌어질 거라고요! 저희 아버님이 게임에도
얼마나 정색하시는지 아시기는 하나요?!"

"피는 속일 수 없다는 거구나."

"전 정색한 적 없어요!"

"뭐……?"

앨리시아는 믿을 수 없다는 눈으로 자넷을 보았다.

"하지만 정말 즐거울 것 같아요! 전 앨리시아 씨의 어머니하고 도둑 잡기하고 싶어요!"

페리스가 밝게 말했다.

"……미안. 그건 무리야."

앨리시아는 작은 목소리로 답했다. 손바닥을 쥐고서 입술을 굳게 다물었다.

"어째……서요?"

페리스는 당황했다. 갑자기 주변을 감도는 분위기가, 어쩐지 무서웠다. 그 모습이 안쓰러웠는지 자넷이 조심스럽게 끼어들었다.

"……페리스. 앨리시아의 어머님은, 이제 안 계세요."

"네……?"

페리스는 눈을 깜박였다.

"어머님은 내가 어렸을 때 전쟁으로 돌아가셨어. 그래서 페리스를 만날 수 없어. 미안해."

그렇게 말하는 앨리시아의 표정은 이례적으로 쓸쓸해서.

"그, 그렇구나……."

테테루는 고개를 숙였다.

"으……아……."

페리스는 어떻게 답해야 좋을지 알 수 없었다. 슬픈 말을 해버린 것이 미안해서 어쩔 줄 몰랐다.

하지만 사과하는 것도 뭔가 아닌 것 같았다. 괜히 상처를 주면 어쩌나 두려웠다. 그래서 페리스는 조심스럽게 앨리시아의 소매를 잡았다. 앨리시아는 페리스의 머리를 쓰다듬었다.

"어휴, 너까지 그런 슬픈 얼굴 하지 마. 상당히 예전 일이니까 이제 와서 울지 않아."

"앨리시아 씨……."

그것 거짓말이라고, 어린 페리스도 알 수 있었다. 지금 앨리시아의 젖은 눈동자에 페리스의 모습이 비치지 않았으니까.

페리스는 소중한 사람을 어떻게든 위로해주고 싶어서 필사적으로 말을 떠올렸다.

"저, 저는, 앨리시아 씨가 병에 걸리면 계속 곁에 있을게요! 열심히 앨리시아 씨의 어머니를 대신할게요!"

"……고마워. 하지만 어머님을 대신할 사람은 아무도 없어."

앨리시아는 슬픈 듯이 미소 지었다.

"저는…… 안 되나요……?"

페리스가 속삭였지만, 그 목소리가 너무나 작아 앨리시아에게는 닿지 않았다. 앨리시아는 장롱에서 꺼낸 집짓기 놀이 나무를 창가로 가져가 먼지를 털었다.

자넷은 앨리시아의 뒷모습을 바라보며 페리스에게 말했다.

"……앨리시아는 어렸을 때부터 남에게 약한 모습을 보이는 걸 싫어했어요. 이럴 때 저 아이에게 너무 깊게 다가가지 않는 편이 제일이에요."

"그, 그랬군요……."

페리스는 입을 다물었다.

약간의 소외감. 분명 앨리시아를 가장 잘 이해하는 것은 자넷이다. 두 사람은 전부터 라이벌이었으니까, 자넷은 계속 앨리시아를 봐왔으니까. 그 깊은 인연을 알게 된 페리스는 어째서인지 불안해졌다.

"저, 저기! 이 그림책 귀엽다! 이거 봐!"

무거운 분위기를 타파하기 위해 테테루가 밝게 말했다.

먼지로 얼룩진 손에는 서랍에서 꺼낸 그림책이 들려 있었다. 훌륭한 장정, 빼어난 표지 그림, 그림책이라고는 생각할 수 없을 정도의 중후함. 상당히 많이 읽혔는지는 여기저기에 상처가 났지만 그래도 눈을 끌 만큼의 분위기가 있었다.

소녀들은 그림책을 들여다보았다.

표지에 적힌 저자명은 버그 드레드. 앨리시아는 익숙하지 않은 작가였다. 시대가 다른 탓일지도 모른다.

"『행복한 곰돌이』라고 적혀 있네."

"어쩐지 유치한 제목이로군요."

"재, 재밌을 것 같은데요…… 혹시 제가 유치한 건…….."

"아, 아니요, 그건…… 페리스라면 문제없어요!"

솔직히 페리스는 어리기도 하고 어린 점이 사랑스럽지만 확실하게 말하면 풀이 죽을 것 같으니 자넷은 말을 얼버무렸다.

자넷의 당황한 모습을 보고서 앨리시아가 쿡쿡 웃었다.

"응, 페리스라면 괜찮아. 잠깐 안을 보고 싶은 기분이 드네."

"네!"

페리스는 조금이라도 앨리시아의 마음이 풀렸으면 좋겠다고 생각하며 그림책을 펼쳤다.

순간 오래된 그림책의 페이지에서 눈부신 빛이 나왔다.

엄청난 속도로 넘어가는 페이지.

확실한 고온을 느낄 정도의 빛이 다락방을 격렬하게 비쳤다.

소녀들의 몸에 쏟아지고 그 망막을 압도했다. 그림책에서 쏟아져 나온 바람이 날뛰어 주변에 쌓인 짐을 날렸다.

"이, 이게 대체 무슨 일인가요?!"

"다들 도망쳐!"

"아무것도 안 보여!"

"꺄아아아아아아악!"

네 사람의 비명이 울렸다.

거칠게 회오리치는 바람과 함께 페리스 일행은 그림책으로 빨려 들었다.

주변을 채우던 비장한 빛이 사라지고 그림책이 세차게 닫혔다. 다락방 바닥에 떨어진 등불. 아까의 소동이 거짓말이었던 것처럼 조용해졌다.

거기에 남겨진 것은 테테루 혼자였다.

"어……? 얘, 얘들아……? 어디 갔어……?"

피부 여기저기에 백은의 문양이 떠오른 테테루는 혼란스러워하며 주변을 둘러보았다.

"꺄악?!"

"햐으!"

"음!"

자넷과 페리스와 앨리시아는 땅으로 떨어졌다.

페리스는 높은 곳에서 떨어지는 것만 같아서 크게 다칠 것이라 생각하고 주의했지만 별로 아프지 않았다. 땅은 매트보다도 부드럽고 말랑말랑했다. 보기에는 평범한 들판 같지만 어딘가 다르다.

페리스가 주변을 자세히 둘러보니 꽃은 어쩐지 낙서 같은 디자인이었고 여기저기 귀여운 얼굴이 그려져 있기도 했다.

"여기가 어딜까요……? 아까까지 다락방에 있었잖아요……."

일어나서 돌아본 페리스의 모습에 자넷은 순식간에 심장이 멈출 것만 같았다. 그것도 좋은 방향으로.

"귀, 기기기기기기……."

오들오들 손을 떠는 자넷.

그 시선이 향한 곳은 평소의 페리스가 아니었다. 머리에 긴 토끼 귀가 자랐고 작은 엉덩이에 둥근 솜 같은 꼬리가 자랐으며 푹신푹신한 토끼 같은 옷을 입은 페리스였다.

"귀여워요오오오오오오오!"

"흐야아아아아악?!"

자넷에게 힘껏 안긴 페리스는 깜짝 놀라 비명을 질렀다. 자넷은 페리스의 토끼 귀를 엄청난 기세로 뺨에 비비면서 안아 올린 페리스의 몸을 붕붕 돌렸다. 완벽하게 홀린 모습이다. 페리스는 어지럽고 숨을 쉴 수 없고 부끄러워서 어떻게 해야 좋을지 알 수 없었다.

페리스가 위험에 처하자 앨리시아가 말렸다.

"잠깐, 자넷. 너무 휘두르면 페리스가 찢어질지도 몰라."

"아, 그, 그렇군요……. 미안해요."

자넷은 정신을 차리고 페리스를 땅에 내려놓았다.

"괘, 괜찮아요……."

페리스는 비틀대며 앨리시아의 팔을 붙들었다. 지금까지 다양한 큰일을 겪었지만 이렇게까지 빠르게 휘둘린 적은 태어나서 처음이었다.

자넷은 앨리시아를 보며 살짝 웃음을 터뜨렸다.

"그 차림, 가장무도회인가요? 열두 살에 그 차림은 아닌 것 같네요!"

"와?! 앨리시아 씨, 엄청 예뻐요~!"

그렇다. 페리스뿐만 아니라 앨리시아도 아까까지와는 다른 차림이었다.

등에서 빛나는 무지개 빛깔 날개는 산들바람에도 꺾일 것만 같이 덧없고 환상적이었다. 그 가는 몸에는 우아한 녹색 얇은 옷을 입고 있었다. 흡사 페어리, 숲의 요정. 앨리시아의 가련한 얼굴과 어우러져 꿈만 같은 아름다움을 가져다주었다.

"그러는 자넷도 귀여운 고양이가 됐어."

앨리시아가 지적하자 자넷은 깜짝 놀라 자신의 몸을 내려다보았다.

가슴 부근이 크게 파이고 밑단이 아슬아슬한 길이의 검은 원피스. 어른스러운 망사 타이츠에 검은 로퍼, 검은 장갑.

엉덩이에는 꼬리가 달렸고 머리에는 고양이 귀가 있었다. 노출도가 높고 대범한 디자인이지만 몸매가 좋은 자넷에게는 잘 어울렸다.

"꺅?! 어째서 저만 이런 차림을?!"

자넷은 울먹이며 자신의 몸을 가렸다. 수치심에 얼굴이 새빨개졌다. 아무리 드센 아가씨라지만 결국 열두 살. 어른의 계단을 오르기엔 아직 이르다.

그러나 페리스는 가슴 앞에서 손을 쥐고서 열심히 말했다.

"자넷 씨, 멋져요! 어른 여성 같아요! 부러워요!"

"그, 그런가요?! 그렇겠죠! 저니까 어울리는, 저에 의한 저를 위한 의상이니까요!"

자넷은 단순했다. 순식간에 수치심을 떨쳐내고 당당하게 등줄기를 폈다. 허리에 손을 얹고서 멋진 자세도 보여주었다.

그런 자넷을 앨리시아가 가만히 바라보았다.

"어째서 빤히 보는 건가요?! 하고 싶은 말이 있는 것 같네요!"

"후후, 기분 탓이야."

"기분 탓이 아니라고요!"

"자넷이 너무나도 아름다워서……. 그렇게 말하면 내 마음이 전해질까?"

"전해졌네요. 당신이 절 놀리고 있다는 것이!"

아름다운 것은 사실이지만 그것보다도 분해하는 자넷을 보는 것을 좋아하는 앨리시아. 자칭 라이벌의 반응은 정말로 솔직해서 즐겁다.

"그런데 자넷은 그 귀를 뗄 수 있어? 난 날개를 뗄 수 없었는데……."

자넷은 자신의 고양이 귀를 별생각 없이 당겼다. 순간 머리에 엄청난 통증이 일었다. 정말이지 기절할 것 같은 수준. 자넷은 견디지 못하고 주저앉았다.

"아야…… 어머?! 어째서?!"

"저도 해볼게요…… 에잇! 에잇!"

페리스는 자신의 머리에 자란 토끼 귀를 당겼지만 마찬가지로 떼지 못했다.

"으~ 아파요! 눈물이 나올 것 같아요! 피가 날 것 같아요!"

"아프면 그만둬!"

열심히 당기는 페리스를 앨리시아가 서둘러 말렸다. 어떤 일도 열심히 하는 것은 좋지만 유혈 사태는 피하는 것이 제일이다.

앨리시아는 페리스의 머리를 관찰하며 토끼 귀가 자란 곳을 손가락으로 확인했다. 귀가 두피와 연결됐고 혈관 같은 것까지 통하는 것이 보였다.

"이거…… 액세서리가 아니지? 감각도 있고 정말 우리의 몸에서 자란 것 같은데……."

앨리시아는 조금 힘을 주어 자신의 등에 난 날개를 움직여보았다. 제대로 움직인다. 그뿐만 아니라 진짜 요정처럼 가볍게 몸까지 떠올랐다.

자넷은 창백해진 얼굴로 뺨에 두 손을 얹었다.

"그, 그런 건 말도 안 돼요! 라인츠리히 일족의 딸이 고, 고양이가 되다니! 아버님께 혼날 거라고요!"

"혼난다거나 그런 문제도 아닐 것 같은데……."

일단 자신의 몸에서 멋대로 새로운 부품이 생긴 것이 무섭기도 하고, 어째서 이런 상태가 벌어졌는지를 전혀 알 수 없어 안심할 수 없었다.

"어라…… 어라라……?"

페리스가 두리번두리번 고개를 돌렸다.

"왜 그러니?"

"저기, 아까부터 궁금했는데 테테루 씨는 어디에 있을까
요……?"

"그러고 보니 없네요."

"먼저 어디로 간 걸까. 그게 아니면 도중에 헤어졌다거나…….."

페리스, 자넷 앨리시아 세 사람이 들판에서 당황하고 있을 때였
다.

지평선 너머에서 생물들이 흙먼지를 일으키며 돌진해왔다. 이
런 기묘한 곳에서 적과 만나게 되면 큰일이다. 세 사람은 무의식
중에 가까운 덤불 속으로 뛰어들어 몸을 숨겼다.

그 생물은 모두 알레프베트의 형태였다. 몸이 문자 형태 그 자체
였다. 거기에 작은 손발과 눈과 입이 있어 계속 대화를 주고받으
며 달렸다.

"큰일이야! 큰일이라고! 이대로는 늦겠어!"

"서둘러! 다음 페이지로 서둘러!"

"야, 이거 순서가 이상하지 않아?!"

"그런 걸 신경 쓸 여유가 어디에 있어! 스토리만 알면 돼!"

"그래, 마지막에 마침표가 있으면 괜찮아!"

떠들썩한 소리와 함께 문자의 대군이 밀려들었다가 물밀듯이 떠
나갔다. 푸르렀던 초원이 짓밟혀 무참한 흔적이 남았다.

페리스 일행은 덤불에서 조심스럽게 밖으로 나왔다.

"저, 저런 마물…… 본 적이 있나요?"

"내가 읽은 사전에서는 한 번도 없었어."

놀란 자넷과 앨리시아. 애초에 아까의 알레프베트 집단은 제대로 된 생물로도 보이지 않았다. 커스드 아이템이라면 그런 기묘한 형태도 있겠지만 저주받은 도구 특유의 장기도 감돌지 않았다.

페리스는 하늘을 가만히 바라보며 살짝 손뼉을 쳤다.

"아! 여기 혹시…… 그림책 안이 아닐까요?!"

"그림책……? 농담이시죠?"

"농담이 아니에요! 왜, 저 하늘! 아까 다락방에서 본 그림책 표지에 그려진 것하고 똑같은 모양의 구름이 떠 있어요! 이 들판도 그림책 표지하고 똑같고……."

"그러고 보니……."

앨리시아는 천천히 주변을 둘러보았다. 자넷도 시선을 돌려 확인했다.

그리고 발견했다. 발견하고 말았다. 지면에 커다랗게 그림책의 저자 이름이 새겨진 것을. 자넷의 얼굴이 갑자기 창백해졌다.

"그, 그, 그럼 저희가 정말로……?"

"커스드 아이템이었을지도 모르겠네…… 아까의 그림책. 펼친 사람을 삼키는 마술이라도 걸렸던 게 아닐까……?"

"어, 어쩔 건가요?! 여기서 나갈 수 있을까요?!"

앨리시아가 온화하게 두 손을 맞댔다.

"맞다, 맞다. 전에 들었던 적이 있어. 다른 세계로 흘러든 사람은 서둘러 그 이공간에서 탈출하지 않으면 그곳의 주민이 되는 일도 있다고. 지금 막 떠올랐을 뿐이지만."

"어째서 그런 무서운 걸 지금 떠올린 건가요?!"

"무서워요!"

자넷과 페리스는 벌벌 떨었다. 하늘에는 빵 같은 구름이 떠 있고 초원에는 웃는 얼굴 같은 모양의 꽃이 피어 있었다. 정말이지 동화 속 분위기라 무서운 풍경은 아니었지만, 자넷은 이런 곳에서 평생 사는 것은 사양하고 싶었다.

토끼 귀를 한 페리스와 함께라면 안주해도 좋을지도 모른다고…… 그렇게 생각하기도 했지만, 페리스와는 더 다양한 곳에 다녀보고 싶다고 생각하며 잡념을 떨쳐냈다.

"어떻게 하면 원래 있던 다락방으로 돌아갈 수 있을까?"

앨리시아가 고개를 갸웃했다.

"안에서 그림책을 부수면 되지 않겠어요?"

"그림책을? 이 땅이나 하늘을 전부 부술 수 있을까?"

"음…… 글쎄요……."

끝없이 펼쳐진 초원에, 자넷은 주저할 수밖에 없었다. 멀리에는 산맥까지 있었고 불가능하지는 않다 해도 모두 파괴할 수 있는 규모가 아니었다.

"만약 이 그림책 세계를 부순다 해도 안에 있는 우리가 무사할 수 있을지 알 수 없어."

"그, 그건 그렇지만, 그렇다면 어쩔 생각인가요?!"

"으음, 음……. 어떻게 하면…… 어떻게……."

페리스는 머리를 감싸고 고민에 빠졌다가.

"그래요! 곰돌이를 만나러 가요!"

번뜩 생각이 떠올랐다.

"……곰돌이?"

눈을 깜박인 자넷.

"네! 이 그림책의 제목은 『행복한 곰돌이』였잖아요?! 그럼 곰돌이가 주인공일 거예요! 분명 이쪽 세계에 대해서 누구보다도 잘 알고 있을 거예요!"

"그렇구나…… 그림책에서 나가는 방법도 알려줄지도 모른다는 거지?"

"그래요! 안 될까요……? 여, 역시 안 되겠죠……."

페리스는 자넷과 앨리시아의 얼굴을 올려다보았다. 갑자기 떠올라 제안했지만 자신의 아이디어에 자신이 없었다. 자넷과 앨리시아는 부드러운 표정을 했다.

"그렇지 않답니다! 역시나 페리스예요!"

"다른 방법이 떠오르지 않으니 우선 가보자."

"고맙습니다!"

고양이와 토끼와 요정. 귀여운 의상을 입은 소녀들은 손을 맞잡고 그림책 세계를 걷기 시작했다.

넓은 도로는 완만한 곡선을 그리며 꽃밭 사이로 이어졌다. 형형색색의 꽃에서 풍기는 것은 일반적인 꽃향기가 아니라 마치 케이크나 마들렌처럼 달콤한 향기였다. 태양이 없는 하늘 전체에서 옅은 빛이 내리는 모습은 현실감을 빼앗기에 충분했다.

꿈에 침식된 감각에 저항하기 위해 앨리시아가 현실적인 질문을 던졌다.

"……그런데 곰은 어디에 있을까? 그림책의 주인공이라면 슬슬 나와도 괜찮을 텐데."

"아…… 전혀 생각해보지 않았어요. 어쩌면 좋을까요?"

페리스가 고개를 돌리니 자넷이 당황했다.

"어, 제, 제게 물어도……!"

"모르시는군요……."

"모, 모르지 않아요! 전 영광스러운 라인츠리히의 딸이니까요! 전지전능이랍니다!"

"정말인가요?! 알려주세요!"

페리스는 기대에 찬 눈으로 자넷을 올려다보았다. 엄청난 압박감이 자넷의 어깨를 짓눌렀다. 그렇게까지 말하니 이상한 답을 낼 수 없고, 페리스를 기대하게 한 것만 같아 죄책감이 밀려오고, 껄끄럽기 그지없었다.

"그, 그렇군요…… 제 추리에 따르면 분명 벌꿀이 있는 곳에 곰이 있을 거랍니다……."

"그, 그거, 대단한 추리네……."

웃음을 참는 앨리시아.

"왜 웃고 있나요?! 뭘 웃고 있나요?!"

"아니, 자넷은 제법 발상이 귀엽다 싶어서."

"귀엽지 않아요! 라이벌에게 그런 말을 듣고 싶지 않네요!"

자넷은 새빨개졌다.

"그럼 페리스가 말해줘."

"흐에? 음, 자넷 씨, 귀여워요!"

작은 주먹을 쥐고서 보내는 천진난만한 찬사.

"꺅!"

자넷은 너무나도 큰 충격에 기절했다. 땅에 머리가 부딪힐 것 같아 페리스가 깜짝 놀라 자넷을 붙잡았다.

"페, 페리스가, 페리스가 절 귀엽다고…… 제가 세계에서 제일 귀여우니 당장 신부로 삼고 싶다고…… 우후후……."

"자넷 씨! 정신 차리세요오오오오오."

황홀한 표정으로 중얼대는 자넷의 몸을 작은 페리스가 필사적으로 받쳐주었다. 그렇게까지 말하지 않았던 것 같고 어째서 자넷이 쓰러졌는지도 알 수 없지만, 어쨌든 자신이 해선 안 될 행동을 했다는 것은 알 수 있었다.

세 사람이 길가에서 떠들고 있으니 갑자기 근처에서 목소리가 들렸다.

"흐음, 너희는 곰 님을 만나고 싶은 거구나."

"어……?"

앨리시아는 곧바로 목소리가 들린 쪽을 돌아보았지만 아무도 없었다. 그저 넓은 꽃밭이 지평선 저편까지 이어지고 하늘하늘 분홍색 나비가 날고 있을 뿐이었다. 보기만 해도 넋이 나갈 듯한 광경이었다.

"이상하네……. 확실히 목소리가 들렸는데."

"저도 들었는데, 분명 헛들었겠죠."

자넷은 뜨거운 뺨을 두 손으로 찰싹찰싹 때려 식히고서는 간신히 자력으로 일어났다.

"저도 들었어요! 모두 사이좋게 헛들었네요!"

친구란 좋구나, 다시 그렇게 생각한 페리스. 이번에도 자신만 환청을 들었더라면 조금 쓸쓸했을 참이었다.

"아니, 셋이서 헛듣는 것도 이상해. 정말 확실히 들렸으니까."

"자, 잠깐만요, 누구 거기 있나요? 숨지 말고 나오세요!"

소녀들은 불안감에 휩싸여 주변을 둘러보았다. 이런 정체를 알 수 없는 곳에서 만난 상대의 모습이 보이지 않는 것은 곤란하다. 언제 공격해올지 모른다.

그러자 아까의 목소리가 다시 울렸다.

"도망치지도 숨지도 않아. 너희의 눈은 예쁘기만 한 장식품이야? 제대로 잘 보라고! 자, 너희의 발밑이야!"

"발밑……?"

페리스가 흠칫 놀라며 내려다보니. 거기엔 얼굴이 달린 꽃이 세 사람을 가만히 올려다보고 있었다. 그림책에는 가끔 나오는 디자인이지만, 제대로 된 식물인 것 같지 않은 형태였다.

"꽃……이세요? 저희한테 말을 건 분이."

"난 꽃이 아니야!"

꽃이 크게 화를 냈다.

"흐에에에?! 그, 그럼 인간인가요?!"

"그렇지 않아, 페리스. 진정하렴."

"하, 하지만……."

페리스는 앨리시아와 꽃의 얼굴을 번갈아 보며 당황했다.

"하아…… 어쩔 수 없군. 인간이라든가 꽃이라든가 그렇게 하나로 싸잡는 생각밖에 할 수 없는 거냐, 너희는. 이러니까 요즘 젊은것들은……."

꽃은 긴 한숨을 쉬었다.

"내 이름은 꽃꽃꼬옷꽃 꽃꼬옷이다. 절대 평범한 꽃이 아니지. 이름이 아니라 종족명으로 부르다니, 인격을 무시한 행위 아니야?"

"죄, 죄송해요……."

"실례했네요."

"어떻게 사과해야 좋을지……."

꽃 앞에서 반성하는 세 사람. 어째서 꽃에게 설교를 듣는 것인지, 앨리시아와 자넷은 잘 알 수 없었다. 하긴 이 세계의 모든 것이 수수께끼지만.

"뭐, 됐어. 너희는 젊으니 앞으로 많은 걸 배우겠지. 나도 생후 일주일 동안은 아무것도 몰랐으니까. 하지만 1개월이 지나 훌륭한 꽃을 피우니 이제야 세계가 보이기 시작한 느낌이야."

"저, 저기, 그렇다면 저희가 연상……."

"쉿."

설교가 길어질 것 같은 예감이 들어 앨리시아가 페리스의 입술에 검지를 댔다.

꽃은 잘난 체하며 말을 이었다.

"그래, 곰 님이 계신 곳으로 가고 싶다는 거지? 그럼 일단 나한테 물으면 돼. 난 길 안내의 프로니까. 어째서 나한테 묻지 않은 거냐고!"

"있는지 몰랐으니까요."

"그러냐. 뭐, 됐어. 앞으로는 곤란할 땐 뭐든지 나한테 물어봐. 난 여기서 좀 유명하거든."

"네."

페리스는 솔직하게 끄덕였다.

"곰 님은 여기서 오른쪽으로 계속 걸어가서 골짜기를 왼쪽으로 돌아 똑바로 쭉 나간 곳에 계셔. 녹색으로 포장된 길을 걸으면 확실하지. 다만 곰 님을 만날 땐 실례되는 행동을 하지 않도록 주의해."

"알았어. 고마워, 꽃꽃꼬옷꽃 꽃꼬옷."

"벌써 이름을 기억했나요?!"

자넷의 눈이 휘둥그레졌다. 꽃은 환하게 입을 벌리며 웃었다.

"하하하, 고맙다는 말은 됐어. 이럴 땐 서로 도와야지. 또 언제든 놀러 오라고."

"네~!"

힘차게 손을 든 페리스.

"기회가 있다면…… 찾아뵙지요."

예의 바른 소녀들은 잎을 흔들며 배웅하는 꽃을 향해 스커트 자락을 들고서 정중하게 인사를 했다. 설마 꽃에게 길을 안내받을 줄은 생각지 못했기에 세 사람 모두 귀신에 홀린 얼굴이었다.

꽃이 알려준 대로 걸으니 이윽고 골짜기가 보이기 시작했다.

꽃밭이 펼쳐진 평원에서 골짜기까지는 엄청나게 가파른 언덕이었고 지면은 잘 닦은 거울처럼 매끄러웠다. 게다가 거센 돌풍이 여기저기를 오가서 방심했다간 곧바로 날아갈 것만 같았다.

"자넷. 페리스가 떨어지지 않도록 잘 붙잡아두자."

"그거야 말하지 않아도 알아요!"

"알고 있다는 것도 알고 있었어."

"알고 있다는 것도 알고 있다는 것까지 알고 있었답니다!"

앨리시아와 자넷은 서로 힘을 모아 페리스를 지키며 걸었다. 두 사람이 바람을 막아준 덕분에 몸이 작은 페리스도 바람에 날아가지 않을 수 있었다. 역시나 라이벌이라고나 할지, 앨리시아와 자넷은 걸음걸이도 서로를 감싸는 타이밍도 척척 죽이 맞았다.

'두 사람 모두 정말로 사이가 좋네요……'

그것은 무척 기쁜 일이지만, 페리스는 조금 가슴 안쪽이 조여 오는 기분이었다. 절대 그럴 리 없는데도 두 사람에게 뒤처질 것만 같아 자신도 모르게 앨리시아의 옷자락을 꼭 쥐었다.

소녀들이 땀을 흠뻑 흘리며 골짜기를 넘어 아름다운 에메랄드 도로에 도착하니, 앞에 커다란 건물이 나타났다.

마법 학교의 건물보다도 높은 건축물. 두꺼운 돌벽이 광대한 부지를 감쌌고 여기저기에 훌륭한 탑이 세워져 있었다. 건물 위에는 망을 보기 위한 통로가 있었고 중앙의 탑에는 커다란 깃발이 있었는데, 그 깃발에는 곰의 얼굴이 그려져 있었다.

"와~! 여기가 곰돌이의 집이군요!"

페리스는 두 손을 맞대고 기뻐했다.

"집이라기보다……."

"성, 아닐까요……."

앨리시아와 자넷은 휘둥그레진 눈으로 거대한 성벽을 올려다보았다.

문 앞에는 알레프베트의 모습을 한 병사가 열심히 구두끈을 묶으려 했다. 아무래도 문지기인 것 같은데 팔이 짧아 구두끈에 손이 닿지 않아 곤란해했다. 그 결과 페리스 일행을 발견하지 못했다.

"어쩐지 곤란해하는 모양이에요……. 도와주는 편이 좋지 않을까요?"

"지금은 이 틈에 성으로 들어가는 편이 좋겠어."

"심문을 받았다간 성가셔지니까요."

페리스 일행은 고생하는 문지기의 뒤를 지나 성의 정원으로 발을 디뎠다.

거기에는 인간 같은 모습을 자들이 잔뜩 있었다. 이 기괴한 그림책 세계로 온 뒤로 처음이었다. 하지만 그들의 머리에는 페리스 일행과 마찬가지로 동물의 귀가 자라 있었다. 어째서인지 발목에는 사슬이 묶였고, 그 끝에 무거워 보이는 철구가 달려 있었다.

철구를 단 사람들은 진지한 표정으로 무언가를 이야기했다.

"이대로는 안 돼! 더 재밌는 공연을 하지 않으면 곰 님을 만족시키지 못한다고!"

"역시…… 배꼽춤을 출 수밖에 없으려나……."

"안 돼! 그렇게 보여도 곰 님은 개그에 엄격하다고! 실수했다간 순식간에 끝이야!"

"그럼 대체 뭘 해야……!"

유난히 절박한 모습이라 말을 걸기 망설여졌지만 앨리시아가 그들에게 다가갔다.

"저기, 실례합니다. 잠깐 여쭙고 싶은 게 있는데 곰돌이가 어디에 있을까요?"

"뭐?! 너 바깥 세계에서 온 인간이야?!"

철구를 단 남자의 눈이 휘둥그레졌다.

"네, 맞아요. 여기에 오면 곰돌이를 만날 수 있다고 들었는데……."

"빨리 돌아가! 이런 곳에 오면 안 돼!"

"네……? 무슨 뜻인가요?"

남자의 험악한 모습에 자넷은 당황했다.

"우리를 보면 알잖아! 이곳 주인은 다양한 방법으로 밖에서 인간을 이쪽 세계에 모아서는 성에 붙잡아둔다고! 그리고 매일 밤 재밌는 공연을 요구하지! 재미가 없으면 곧장 저렇게 된다고!"

남자가 가리킨 곳에 있는 것은…… 커다란 수정 인형이었다.

아니, 자세히 보면 인형이 아니었다. 그것은 아름다운 여성의 모습을 해서 손가락과 속눈썹 하나하나, 세세한 부분까지 잘 만들어져 있었다. 마치 원래는 인간이었던 것처럼.

"설마……."

앨리시아가 손바닥으로 입을 가렸다.

"그래, 그 설마가 맞아. 저 녀석은 내 소중한 소꿉친구였어. 그걸…… 그걸…… 곰탱이 자식, 설마 개그가 웃기지 않다는 이유로 돌로 만들었다고. 그래서 같은 개그는 두 번까지만 하라고 말했는데……!"

"도, 돌로?!"

페리스의 얼굴이 창백해졌다.

"알겠으면 빨리 여기서 나가!"

"그래! 어린아이까지 희생될 것 없어!"

"곰이 언제 돌아올지 모르니까!"

철구를 단 사람들은 열심히 이야기했다. 하지만.

"무슨, 이야기 중이야아아아아아아!"

세상을 뒤흔들 정도의 소리가 울리는가 싶더니 지진과 함께 무언가가 다가왔다. 커다란 그림자가 사람들과 페리스 일행을 뒤덮고 새빨갛게 빛나는 눈이 하계를 내려다보았다. 나무줄기보다도 두꺼운 털이 보라색 불꽃을 튀기며 꿈틀댔다.

그것은…… 구름보다 높을 정도로 거대한 곰돌이 인형이었다.

"뭐뭐뭐뭐뭐뭔가요?! 저 크기는?! 저게 이 그림책의 곰돌이인가요?!"

"흐아아아아…… 그림책에선 조금 더 작았던 것 같았는데요…….'"

"조금 정도가 아니야!"

다급해진 소녀들.

다락방에서 발견한 그림책 표지를 봤을 때는 곰돌이를 여자아이가 안을 수 있는 인형이었기에 이렇게까지 거대한 곰돌이가 나올 줄은 예상하지 못했다.

"응? 뭐야, 너희는. 신입이야? 내 몸종이 되러 온 거야?"

곰은 커다란 주둥이에서 침을 줄줄 흘리며 소녀들을 내려다보았다.

"모, 몸종⋯⋯?"

떨리는 목소리로 되물어본 페리스.

"그래. 날 위해 평생 열심히 재밌는 걸 생각해서 날 웃기는 몸종이지! 난 『행복한 곰돌이』니까 계속 웃지 않으면 안 돼!"

"그러고 보니⋯⋯ 이 그림책은 그런 제목이었지."

앨리시아는 입가에 손가락을 대고서 이곳으로 오기 전을 떠올렸다.

"그러니까! 너희는 날 웃겨야 해! 그러지 못하면 처형이야! 그게 몸종이라고!"

"그런 몸종이 어디에 있나요?! 너무 제멋대로잖아요!"

"시끄러워, 시끄러워, 시끄러워! 난 대단하다고! 곰돌이라고! 내 말을 듣지 않는 녀석은 이렇게 해주지!"

곰은 페리스 일행에게 거대한 앞다리를 내리눌렀다.

"꺄아아아아아아악?!"

세 사람의 비명이 울렸다. 소녀들은 서로를 안고서 위축됐다. 그 앞다리가 페리스 일행을 짓밟기 직전에 뚝 멈췄다.

"어라? 너⋯⋯ 혹시⋯⋯."

곰은 네 발로 서서 앨리시아의 얼굴을 들여다보았다. 그 직후 입이 귀에 걸릴 정도로 기뻐했다.

"와! 역시! 역시! 레티시아잖아아아아아아아! 이제야 레티시아를 만났어어어어어어어!"

곰은 무척이나 기뻐하며 날뛰고는 폭력적으로 춤을 추었다. 그
뒷다리가 땅을 밟을 때마다 엄청난 울림과 함께 소녀들의 몸이 공
중으로 떠올랐다.

"레티시아라면……."

"앨리시아의 어머님 이름이죠……?"

"으, 응……."

앨리시아는 딱딱하게 고개를 끄덕였다. 페리스는 별장의 벽에
걸렸던 초상화를 떠올렸다. 분명 앨리시아와 닮았지만 그건 성인
여성이었다.

곰은 핏발이 선 눈으로 앨리시아의 얼굴을 들여다보았다.

"저기, 레티시아는 어째서 날 읽으러 와주지 않았어?! 어째서
날 버렸어?! 난 계~속 기다렸는데! 응?! 어째서?!"

크고 날카로운 외침. 곰의 축축한 코에서는 추악한 썩은 내를 뿜
었고 귀와 입에서는 시커먼 장기가 흘러나왔다.

앨리시아는 하얀 목을 꿀꺽 울리며 굳은 목소리로 답했다.

"나는…… 레티시아가 아니야. 레티시아의 딸 앨리시아야."

"뭐어어?! 거짓말하지 마! 레티시아에게 아이가 있을 리 없잖
아! 레티시아는 아직 어린 여자아이니까! 거짓말쟁이, 거짓말쟁
이, 거짓말쟁이이이이이이이!"

곰은 크게 화를 내며 눈알을 빙글빙글 돌렸다. 그 머리도 빠르게
회전하며 입으로 대량의 장기를 뿜었다. 성의 정원에 있는 사람들
이 장기에 휩싸여 쓰러졌다.

"와, 완벽하게 장기에 침식됐군요…….'

"무, 무서워요…….'

페리스 일행은 서로의 몸을 맞대고 떨었다. 그림책의 주인공을 발견하면 밖으로 나갈 수 있을 것이라 생각했지만 엄청난 착각이었다. 이 그림책의 주인공이야말로 커스드 아이템의, 저주의 중심이다. 장기의 영향으로 레티시아의 어린 시절에서 얼마나 지났는지 이해하지 못하는 모습이었다. 아니, 그 곰팡내 나는 다락방과 마찬가지로 시계추가 멈춰버렸다.

곰은 앞다리를 부딪치며 시끄러운 소리를 냈다.

"뭐, 됐어! 이제야 레티시아가 돌아왔으니까! 날 버린 걸 후회해서 돌아와 줬으니까! 나와 함께 살기 위해서!'

"그러니까 난 레티시아가…….'

"레티시아아아아아아아! 아, 안아줄게! 내장이 펑 터질 때까지! 야호오오오오!'

무서운 말을 외치며 앨리시아를 거대한 두 앞다리로 붙들려 했다.

"아, 안 돼요!'

페리스가 앨리시아의 앞에서 두 팔을 벌리고 막아섰다.

"날 방해하지 마!'

곰은 화를 내며 페리스에게 앞다리를 내리쳤다. 그 순간, 페리스의 주변에 돔 형태의 벽이 나타나 곰의 앞다리와 격돌했다.

"이건…… 마법 결계……?'

페리스가 지켜준 앨리시아는 눈을 깜박였다. 반투명의 단단한 막이 곰과 앨리시아의 사이를 가로막아 흉악한 앞다리를 단단히 막아냈다.

곰은 이를 뿌드득 갈았다.

"말도 안 돼……. 이 세계에서 마법을 쓸 수 있는 녀석이 있을 리 없어……. 여긴 내 세계라고…… 내 허락이 없으면 아무도 마법을 쓸 수 없어! 아무리 강한 마술사라도 무리라고!"

"흐흠, 안타깝게 됐네요! 아쉽지만 페리스는 그런 평범한 마술사와는 다르답니다. 저어어어엉말 강한 아이니까요!"

가슴을 편 자넷. 아까까지 겁에 질리던 모습은 온데간데없었다.

"어째서 자넷이 자랑스러워하는 걸까?"

"따, 딱히 상관없잖아요! 어린아이를 지켜보는 부모와 같은 심정이랍니다!"

앨리시아의 반박을 받은 자넷은 뺨을 붉게 물들였다.

"제가…… 자넷 씨의 아이인가요? 자넷 씨는 제 어머니인가요?"

"그, 그게…… 저는……."

"엄마?"

동그란 눈동자가 떨리는 페리스가 바라보자 자넷은 가슴이 두근두근해졌다. 자신도 모르게 페리스를 힘껏 안았다.

"아아, 정말이지, 왜 이렇게 귀여운가요, 이 아이는! 참을 수 없잖아요!"

"흐아?! 찌부러지겠어요!"

페리스는 부끄러움과 기쁨이 뒤섞여 작은 비명을 질렀다.

"야! 무시하지 마!"

멋대로 떠드는 소녀들에게 방치된 곰이 투덜댔다. 페리스는 서둘러 고개를 숙였다.

"아, 죄송해요! 무시했던 게 아니에요!"

"……예의 바르게 사과하지 않아도 돼."

앨리시아가 페리스의 어깨를 두드렸다. 사과의 효과가 있는지 없는지 곰은 눈을 붉게 번뜩이고서 분개했다. 자신의 성을 파괴할 기세로 발을 동동 굴렀다.

"무시하는 건 안 돼! 무시하는 건 안 돼! 무시당하면 쓸쓸하니까! 납작하게 짓누르고 싶을 정도로!"

앨리시아는 반걸음 뒤로 물러나면서도 곰에게 말했다.

"들어줘. 확실히 난 어머님과 닮았을지도 모르지만, 아니잖아? 자세히 봐. 넌 어머님을 잘 기억하고 있어?"

"그야 물론…… 어라?"

곰은 고개를 갸웃했다. 앨리시아를 응시하고서 몸을 내밀고 쿵쿵댔다. 인형의 털이 쳐지며 당황한 표정을 했다.

"정말이네…… 레티시아하고 닮았지만 마력의 파동이 달라……. 냄새도 달라……."

"그렇지? 애초에 어머님은 이미……."

앨리시아는 계속 사정을 설명하려 했지만 곰이 가로막았다.

"잘 모르겠지만 널 붙잡으면 레티시아도 서둘러 돌아오겠지?"

"어……?"

경계하는 앨리시아.

"그렇잖아! 난 똑똑하다니까! 역시 딸을 내버려 둘 수는 없을 테니까!"

곰의 입에서 시커먼 장기가 뿜어졌다. 장기는 앨리시아에게 물 밀듯이 쏟아져 사지 곳곳으로 스며들었다.

"앨리시아?!"

"앨리시아 씨?!"

자넷과 페리스의 눈이 휘둥그레졌다. 방어 마술을 읊으려 했지만 이미 늦었다. 앨리시아는 계속해서 장기를 흡수했다. 하얀 피부가 그림자에 침식되어 생기를 잃어갔다.

곰은 난폭한 이빨을 드러내며 웃었다.

"자…… 이리 와, 레티시아의 딸. 나하고 함께 엄마를 기다리자."

"알았……어."

비틀비틀, 앨리시아는 분명하지 않은 발걸음으로 곰에게 걸어갔다. 그 눈동자는 허무로 가득해 제대로 초점이 맞지 않았다.

"아, 안 돼요! 앨리시아 씨! 가면 안 돼요!"

"하지만 어머님이……. 어머님이……."

앨리시아는 멍하니 같은 말을 반복했다. 페리스는 앨리시아의 팔을 붙들어 막으려 했지만 곧바로 뿌리쳐졌다.

"정신 차리세요! 장기에 지면 안 돼요!"

자넷은 앞을 가로막았지만 앨리시아는 상관하지 않고 걸었다. 아무것도 보이지 않는 것처럼 계속해서 곰 쪽으로 빨려 들어갔다.

곰은 페리스와 자넷을 노려보았다.

"너희는 방해돼! 우리를 방해하는 녀석은, 사라져라아아아아아아!"

"꺄아아아악?!"

거대한 앞다리가 페리스 일행을 날려버렸다.

정신이 드니 페리스와 자넷은 평원의 한복판에 쓰러져 있었다.

"아야야야…… 어디까지…… 날아간 거죠……?"

"으으…… 죽는 줄 알았어요……."

두 사람은 신음하며 일어났다. 주위로 활짝 핀 꽃이 일제히 페리스 일행에게서 고개를 돌렸다. 소곤소곤, 악의에 찬 속삭임이 들렸다. 세계가 적이 된 것만 같은 느낌. 페리스는 위축되어 주변을 둘러보았다.

"앨리시아 씨는……?"

"분명 곰에게 잡혔을 거예요."

"빠, 빨리 구하러 가야 해요!"

두 사람은 아득히 멀리 보이는 성을 향해 달렸다.

걷기 쉬운 도로가 보이지 않았다. 평원의 풀이 발에 달라붙고 부드러운 피부를 긁었고, 가면 갈수록 풀이 무성해져서 진로를 방해했다. 끝없는 늪과 같은 흙에 신발이 빠지고 몇 번이고 넘어질 뻔했다. 숨 돌릴 틈도 없어서 폐가 괴로워지고 심장이 찢어질 것만 같았다.

그래도 페리스는 필사적으로 서둘렀다. 앨리시아가 곰에게 무슨 짓을 당할지 상상하기도 두려워 밀려드는 불안감을 억누르며 달렸다.

얼마나 시간이 흘렀을까. 태양이 없는 세계에선 풍경도 변하지 않아 확인할 방법이 없었다. 무거운 발을 이끌고 성에 도착했을 땐 두 사람 모두 잔뜩 지쳐 있었다.

성벽의 정문에는 알레프베트 병사가 서 있었지만 페리스 일행을 얼핏 보기만 할 뿐, 금방 흥미를 잃고서 벽에 등을 비비기 시작했다.

부지 안 정원에는 처음에 왔을 때 만났던 사람들이 아무도 없었다. 무서운 곰의 모습도 없었고 앨리시다도 보이지 않았다.

"왠지…… 조용해요……."

"이상하군요……. 잠복하고 있을 줄 알았는데……."

주변에 감도는 기묘한 침묵에 페리스와 자넷은 경계심을 굳히고 성 쪽으로 나아갔다. 활짝 열린 문을 지나 건물 안으로 들어갔다.

그곳은 무기질적인 넓은 공간이었다. 끝없이 이어진 반짝이는 흰 바닥. 그 중앙에 호화로운 소파 하나가 덩그러니 놓여 있었다.

소파에는 오래된 드레스 차림의 여성과 여자아이가 앉아 있었다. 여자아이의 나이는 다섯 살 정도. 분위기가 비슷한 것을 보면 모녀지간이리라. 여자아이는 젊은 어머니의 무릎에 앉아 그림책을 읽고 있었다.

"저 사람들은 누굴까요……."

페리스가 신기해하자 자넷이 멍하니 중얼거렸다.

"앨리시아……."

"네……?"

"저 아이, 어린 시절의 앨리시아에요! 전 파티에서 자주 봤으니까요! 분명해요!"

"그, 그럴 수가……."

확실히 여자아이는 페리스가 아는 열두 살 앨리시아와 닮았다. 금색 머리카락, 가련한 얼굴, 투명하듯 푸른 눈동자. 그리고 무엇보다 그녀의 부드럽고 자상한 분위기는 아무리 모습이 달라져도 변하지 않았다.

"저기, 어머님. 다음엔 이 책을 읽어주셨으면 해요. 혹시 피곤하세요?"

"신경 쓰지 않아도 돼. 귀여운 앨리시아를 위해서라면 전혀 피곤하지 않으니까."

"후후, 전 어머님이 제일 좋아요!"

미소 짓는 여자아이. 모녀는 친근하게 화목을 다졌다. 여자아이의 표정은 행복으로 가득했다. 완성된 두 사람의 세계에 끼어들기 힘들지만 페리스는 용기를 내어 여자아이에게 말을 걸었다.

"저, 저기…… 당신은…… 앨리시아 씨인가요?"

"응. 난 앨리시아 구덴베르트야."

작은 여자아이는 깜짝 놀라며 답했다.

"역시 그랬군요!"

"하지만 어째서 앨리시아 씨가 어려졌을까요."

"분명 커스드 아이템의 장기에 중독되어 어려졌을 거예요. 요긴 그 곰의 세계. 사람의 모습 정도는 마음대로 바꿀 수 있을 테니까요."

그렇다면 아마 여기에 앉은 어머니는 곰이 만들어낸 가짜다. 언제 공격해올지 알 수 없다. 자넷은 언제든 페리스를 감쌀 수 있도록 준비했다.

"앨리시아 씨! 빨리 여기서 도망쳐요! 곰돌이가 없을 때!"

"어? 어, 어째서?"

당황한 앨리시아.

"어째서라니, 위험하니까 그렇죠!"

"맞아요! 어떻게든 이 세계에서 빠져나갈 방법을 찾아야 해요!"

자넷과 페리스는 앨리시아의 손을 당겼다. 그러자 앨리시아는 그 어린 얼굴에 불안한 기색을 떠올렸다.

"시, 싫어…… 무서워! 날 어디로 데려갈 생각이야?! 어머님, 도와주세요!"

"그 사람은 앨리시아의 어머님이 아니에요! 레티시아 씨는 이미 예전에 돌아가셨잖아요!"

자넷은 앨리시아를 정체불명의 어머니로부터 떼어내려 했다.

자세히 보니 그 어머니에겐 얼굴이 없었다. 머리 자체는 있었지만 눈이 없고 코가 없는, 밋밋한 구조의 인형이었다. 아마 곰이 어른이 된 레티시아의 얼굴을 모르거나 기억하지 못하기 때문일 것이다.

그러나 앨리시아는 엉엉 울며 그 기분 나쁜 어머니에게 밀착했다.

"어째서 그런 심한 말을 하는 거야?! 싫어, 싫어! 너희는 정말 싫어! 저리 가! 난 어머님과 함께 있고 싶어! 다른 건 아무것도 필요 없어!"

"저, 저도 없는 편이 좋은가요……?"

핏기가 가신 페리스가 그렇게 물으니.

"누구야…… 넌?"

어린 앨리시아는 고개를 살짝 갸웃했다. 그 푸른 눈동자는 평소처럼 자상한 눈빛으로 페리스를 보지 않았다. 거기에 담긴 것은 미지의 존재를 대하는 순수한 공포였다.

"아……."

페리스는 머리가 새하얘지는 것만 같았다. 믿었던 사람이, 모든 것을 기댔던 상대가 자신을 잊었다. 그 충격에 힘이 빠졌다.

어머니의 얼굴이 곰의 얼굴로 변했다. 호화로운 드레스가 툭툭 터지고 안에서 거대한 인형의 몸이 삐져나왔다. 곰은 이빨을 드러내며 키득대고 말했다.

"그렇게 됐다! 앨리시아는 나하고 계속 함께 살 거야! 진짜 레티시아도 돌아오면 셋이서 사이좋게 살 테니까! 너희는 필요 없대애애애애! 바이바이~!"

페리스와 자넷의 발밑에 마법진이 나타나더니 마력의 소용돌이가 일어 두 사람을 감쌌다. 마법진에서 눈부신 빛이 뿜어졌다.

"페, 페리스! 이건 혹시……."

자넷이 소리쳤지만 멍해진 페리스에겐 들리지 않았다. 그저 앨리시아가 자신을 알아보지 못했다, 앨리시아에게 거절당했다는 사실이 페리스를 일어설 수 없게 했다.

페리스와 자넷의 모습이 압도적인 빛에 삼켜져 윤곽이 옅어졌다. 주변 경치가 멀어지고 넓은 실내의 소파가 희미해졌으며 페리스가 뻗은 손도 앨리시아에게 닿지 않았다.

망막이 그을릴 것 같은 빛과 함께 페리스와 자넷은 날아갔다.

어둡고 먼지투성이의 좁은 방. 짐이 잔뜩 쌓이고 하얀 장롱의 서랍이 빠져 있었다.

"이제야 돌아왔구나! 어딜 갔었어?! 뭘 했던 거야?!"

테테루가 페리스에게 다가갔다.

"여기는…… 다락방……이죠……?"

조심스럽게 주변을 둘러본 자넷.

"앨리시아……씨……."

페리스는 입술을 깨물었다.

발밑에는 『행복한 곰돌이』라고 적힌 그림책이 놓여 있었다. 표지의 곰돌이는 원래 웃는 얼굴이었지만 지금은 앞다리를 들고서 위협하는 모습이었다. 그 배경으로 작은 앨리시아가 어머니에게 머리를 쓰다듬어지며 잠들어 있었다. 파스텔컬러 표지에는 어울리지 않을 정도로 이상한 위협감, 불길한 장기가 그림책에 감돌았다.

그림책이 빙글빙글 회전하며 떠올라 다락방에서 날아갔다. 자넷은 다급히 뒤를 쫓았지만 그림책은 벽으로 빨려 들어가듯 사라졌다.

"페리스! 서둘러 그림책을 붙잡아야 해!"

자넷의 외침이 울리는 도중, 페리스는 움직이지 않고 가만히 서 있었다.

커튼이 닫힌 침실에 정숙이 가득했다.

페리스와 앨리시아의 침대는 하인이 아침부터 세팅해준 그대로의 모습으로 조금도 흐트러지지 않았다. 그 이후로 아직 하루밖에 지나지 않았는데 앨리시아가 사라진 방은 사람의 숨결도 잃고서 한기가 돌았다.

페리스는 구석의 소파에 누워 모포를 덮고 몸을 웅크렸다. 항상 앨리시아와 잠들었던 침대에 있기가 무서웠다. 커튼 사이로 숨어 드는 빛이 무서웠다. 모든 것이 너무나도 무서워 이대로 의식을 잃을 것만 같았다.

"페리스…… 일어났어……?"

조심스럽게 문이 열렸다. 페리스가 모포 사이로 확인하니 복도 에서 테테루가 들어오는 참이었다.

"무슨 일이 있었는지는 자넷에게서 들었어. 일단 롯테 선생님하 고 일라이자 선생님한테 이야기해서 마술사단도 지원을 부탁하 게 됐어."

페리스는 답하지 않았다. 대답해야 한다고 생각하지만 목소리 를 내는 것도 무서웠다. 목구멍에서 짜내려는 말이 목소리가 되지 않았다.

"밥…… 안 먹어?"

페리스가 끄덕였다.

"배…… 고프지는 않아?"

페리스는 고개를 저었다.

"……난 여기 있을게. 계속 곁에 있을 테니까…… 밥을 먹을 생 각이 들면 같이 식당으로 가자."

테테루는 앨리시아의 침대 끝에 걸터앉았다.

페리스는 주섬주섬 몸을 움직여 다시 모포를 덮었다. 앨리시아

가 없는 세계는 불안으로 가득하지만 모포를 감고 있으면 조금이
나마 안심할 수 있었다.

그런 페리스의 모습을 복도에서 엿본 자넷은 가슴이 죄여왔다.
페리스는 언제든 웃어야 하는데. 누구보다도 행복했으면 하는데.
슬퍼하는 페리스의 모습은 보고 싶지 않다.

자넷은 가슴을 누르며 크게 심호흡했다. 입술을 일자로 굳게 다
물고 주먹을 쥐고서 용기를 짜내 침실로 들어갔다.

"페, 페리스! 다 함께 그림책을 찾으러 가요! 방에서 풀 죽어 있
을 때가 아니랍니다!"

자넷은 페리스의 몸에서 모포를 걷어냈다.

"꺅."

갑자기 방어벽을 빼앗긴 페리스는 소파 위에서 몸을 웅크렸다.

자신이 심한 짓을 했는지도 모른다고 생각한 자넷은 마음이 괴
로웠지만 모처럼 긁어모은 용기를 허사로 돌리지 않도록 말을 이
었다.

"아버님께는 협력을 부탁드렸지만, 마술사단이 언제 도착할지
알 수 없어요. 너무 늦기 전에 저희가 앨리시아를 구해야죠!"

최선을 다한 호소에 페리스가 불쑥 중얼거렸다.

"앨리시아 씨는…… 구해줬으면 좋겠다고 생각할까요?"

"네……?"

"그림책 속에서 엄마에게 응석 부리던 앨리시아 씨는…… 무척
행복해 보였어요. 앨리시아 씨라면 그대로 두는 편이 기쁘지 않을
까요……?"

자넷은 미간을 찌푸렸다.

"그럴 리 없어요. 그건 가짜 어머님이니까요. 무엇보다 그림책 속에는 페리스가 없으니까요. 앨리시아가 얼마나 당신을 소중히 했는지 알잖아요?"

"하, 하지만 전 항상 앨리시아 씨에게 폐만 끼칠 뿐인 데다 앨리시아 씨의 방해가 되고…… 앨리시아 씨를 잘 몰라서 자넷 씨가 더 많이 알고……."

"제, 제가요……?"

페리스는 두 손을 꼭 쥐었다.

"네. 자넷 씨는 제가 모르는 앨리시아 씨를 잔뜩 알고 있어요. 전 앨리시아 씨가 그렇게 어머니를 그리워했는지 몰랐어요."

"그건…… 그럴지도 모르지만……."

자넷은 말문이 막혔다.

"제가 없는 편이 앨리시아 씨를 위한 거예요. 신세 지기만 하는 짐이라 필요 없어요. 전 앨리시아 씨가 행복했으면 좋겠어요."

페리스는 열심히 호소했다. 페리스를 잊은 앨리시아의 행복한 표정이 뇌리에 새겨졌다. 이제 이 이상 괜한 짓을 하지 않는 편이 좋다. 무의미하게 앨리시아를 괴롭히고, 몇 번이고 거절당하는 것은 싫었다.

"페리스……."

자넷은 눈앞에서 떠는 작은 여자아이를 침통한 마음으로 바라보았다. 아무리 강해도 역시 페리스는 열 살이다. 좋아하는 사람이 자신의 손을 뿌리친 것이 견딜 수 없는 것이다. 그 감정이 슬플 정도로 이해가 된 자넷은 페리스를 안아주고 싶어졌다.

그러나 지금은 위로할 때가 아니다. 자상하게 대할 때가 아니다. 돌이킬 수 없는 일이 벌어지지 않도록 페리스의 등을 밀어줄 때다.

자넷은 허리에 손을 얹고서 당당히 가슴을 편 뒤 마음을 굳게 먹고 외쳤다.

"정신 차리세요!"

"흐에?!"

갑작스러운 호통에 페리스는 움찔 떨었다.

"확실히 전 앨리시아를 잘 알고 있어요! 하지만 그게 어쨌다는 건가요?! 페리스는 제가 할 수 없었던 일을, 그 냉혈한 여자에게 해줬어요!"

"내, 냉혈……? 뭘……요?"

겁에 질린 페리스.

"페리스가 온 뒤로 앨리시아는 평범하게 웃게 됐어요. 뭐든지 알고 있다는 식으로 차가운 태도가 줄고 자신의 마음을 겉으로 드러내게 됐어요."

"전에는…… 안 그랬나요?"

자넷은 팔짱을 끼고서 고개를 크게 끄덕였다.

"네, 많이요. 원래 귀엽지 않은 아이였지만, 어머님이 돌아가신 뒤로는 정말로 어른스러워졌어요. 절 내려다보는 느낌이 무척 화가 났어요! 아아, 정말이지 지금 생각해도 용서할 수 없어요!"

"자, 자넷 씨, 진정하세요……."

날뛸 것처럼 험악해진 자넷을 페리스가 조심스럽게 말렸다. 자넷은 손으로 입을 가린 다음 어색하게 헛기침했다.

"……어쨌든. 페리스를 만난 덕분에 앨리시아는 행복해졌어요. 페리스를 독점할 수 있는 건 기쁘지만…… 말해둘게요."

말을 끊고서 약간의 망설임과 함께 말했다.

"앨리시아에게는 페리스가 필요해요. 무, 물론 저도 페리스가 필요해요. 그림책 속에 갇힌다면 반드시 구해주러 오기를 바랄 거라고요!"

단번에 말을 마친 자넷은 격렬한 심장 고동을 느끼며 페리스를 응시했다. 그러나 그 눈빛에는 적의가 없다. 진지하게 마음을 털어놓았다는 것이 페리스에게도 전해졌다.

페리스는 똑똑 눈물을 흘렸다. 다급해진 자넷.

"어, 어째서 우는 건가요?! 제가 무슨 심한 말을 했나요?! 죄송해요. 지금 한 말은 전부 취소하겠어요!"

"그렇게 뜨겁게 이야기했으면서?!"

옆에서 듣고 있던 테테루가 눈을 깜박였다.

"아니에요. 슬퍼서 우는 게 아니에요."

페리스는 고개를 저었다.

"그럼 어째서……."

자넷은 당황했다.

"기뻤어요. 전 계속 마석 광산에서 노예로 일하느라 아빠도 엄마도 없어서…… 아무도 절 바라지 않는다고 생각해왔으니까요."

"그런……."

"하지만…… 전 필요 없는 아이가 아니었어요. 자넷 씨도, 앨리시아 씨도 절 필요로 해주시는 거죠? 조금은 자신을 가져도…… 괜찮은 거죠?"

"다, 당연하지요! 당신이 사라진다면 전 죽을 거예요!"

그건 과격한 말이었지만 자넷의 진심이 담겨 있었다.

"나도 페리스가 없으면 곤란해! 소중한 친구니까!"

테테루의 말에도 따뜻한 울림이 가득 담겨 있었다.

페리스는 뱃속부터 힘이 솟는 것을 느꼈다. 앨리시아에게서 거절당한 것은 그녀의 본심이 아닌, 장기에 조종당했을 뿐이라고 확실히 생각하게 됐다.

"저는…… 그림책을 찾을게요. 앨리시아 씨를 되찾고 싶어요!"

자신의 곁으로. 그 바람은 이기적인 마음이 섞였을지도 모르지만 앨리시아에겐 자신이 필요하니 제멋대로 굴 용기도 생긴다.

테테루는 힘차게 침대에서 내려왔다.

"그럼 일단 별장 사람들에게 그림책에 대해 물어보자! 어쩌면 뭔가 알지도 모르잖아!"

"네!"

"그럼 서두르죠!"

페리스는 자넷과 테테루와 함께 침실에서 달려 나갔다.

별장의 주인인 구덴베르트 가문과 친척 관계인 영주는 자리에 없었지만 저택 안에는 하인이 상당히 남아 있었다. 페리스를 포함한 세 사람은 별장 안을 돌아다니며 물어보았다.

……그러나.

"으음, 그런 그림책은 본 적이 없네요. 아는 게 부족해서 죄송합니다."

어째서인지 슬픈 듯이 사과하는 하인.

"오래된 그림책?! 그림책이 어쨌다고?! 마침 잘 됐다, 장작이 부족했거든! 연료에 쓸 거니까 이쪽으로 좀 보내줘!"

너무 바빠 이야기를 이해할 여유가 없는 주방장.

"난 말이지, 일에 목숨을 걸었어. 주인님께서 맡긴 정원을 긍지로 여기고 소중히 가꾸지. 그러니 일이 없는 날은…… 정말 어쩌면 좋을지 알 수 없어서……. 내가 사는 의미는 대체…… 크으……."

오랫동안 내리는 비로 밖에 나가지 못해 침울해하는 나이든 정원사.

주방에서 저녁 식사의 지시를 내리던 메이드장에게 물어보니 그녀의 눈이 커졌다.

"……『행복한 곰돌이』 말인가요? 그것참 오랜만에 듣는 그림책이군요."

"알고 계세요?!"

처음으로 단서다운 정보를 얻게 되자 페리스가 기뻐했다.

"어디서 발견하셨습니까?"

"다락방이랍니다!"

자넷도 기대로 눈을 반짝였다.

"아, 그래서. 그건 말입니다, 레티시아 님이 어린 시절 자주 읽으신 그림책입니다."

"앨리시아의 어머니가?"

테테루가 몸을 내밀고 물었다.

"네. 별장에 놀러 오셨을 때 선대의 사모님께서 선물해주셨습니다. 그 뒤로 레티시아 님은 정말로 그 그림책을 마음에 들어 하셨지요. 『언젠가 이 곰돌이와 함께 살 거야!』하고, 정말이지 귀여운 말씀을 하셨습니다."

메이드장의 주름진 얼굴에 미소가 번졌다.

그러나 결국 그녀도 옛날이야기에 꽃을 피울 뿐 그림책이 지금 어디에 있는지, 그림책이 어째서 장기에 물들었는지는 모르는 듯했다.

아무리 지나도 앨리시아와 연결된 실마리가 보이지 않았다.

페리스 일행은 초조해지기 시작했다. 적이 밖에 있으면 쓰러뜨리면 된다. 그것도 큰일이지만 페리스의 힘이 있으면 어떻게든 될 것이다.

그러나 잘 알 수 없는 그림책 안에 잘 알 수 없는 방식으로 갇혔고, 나아가 그 그림책이 행방불명이라면 손쓸 수가 없다.

복도를 걸으며 자넷이 어두운 표정을 했다.

"역시 마술사단이 오지 않으면 무리일까요……."

"하지만 그사이에 너무 늦어버릴지도 모르잖아?"

테테루는 그렇게 걱정했다.

"너무 늦어버리면 어떻게 되나요……?"

"그림책 안의 주민이 되는 걸까."

"커스드 아이템의 장기에 침식되어 마물이 될지도 모르겠군요."

"흐에에에에……."

페리스는 떨었다. 앨리시아가 그림책 안에서 어머니에게 응석 부리는 것은 행복하다고 생각했지만, 그런 위험성까지는 생각하지 못했다. 아니, 생각할 여유가 없었다.

그때 돌연 테테루가 손뼉을 쳤다.

"맞다! 앨리시아의 어머니가 자주 머물던 방을 조사해보면 어떨까? 그림책이 숨어있을지도 몰라!"

"그럴듯하네요! 그 그림책은 유독 레티시아 씨에 고집하던 모양이니까요!"

"가 봐요!"

소녀들은 가까이에 있던 하인에게 방의 위치를 묻고서 2층의 제일 안쪽이라는 정보를 얻고서 서둘러 계단을 올랐다.

품위 있는 손님방으로 들어가자마자 가구를 뒤엎듯이 수색했다. 장롱의 서랍을 모조리 열고 모포를 들춰 확인한 뒤 침대 아래까지 들어갔다.

그러나 테테루가 융단까지 들춰 살펴보아도 그림책을 찾지 못했다. 책장 안에도, 서랍장 뒤에도, 캐노피 침대의 지붕 위에도 없었다.

"하아…… 어디에 있는 걸까요……."

"으으…… 전혀 못 찾겠어요."

"이렇게 된 이상 건물을 통째로 부술 수밖에!"

"그건 혼날 거라고요!"

"저택 밖으로 날아갔을 가능성도 있을 테고요."

소녀들이 풀이 죽어 침대에 앉았을 때.

딸랑, 방울이 울리는 소리가 나며 어디선가 소녀가 나타났다. 챙이 넓은 모자를 쓰고 앨리시아와 똑같은 금발과 푸른 눈동자를 한 그 소녀.

"아…… 지난번 그 여자아이에요……."

"어? 정말?!"

"또 유령인가요?!"

페리스가 중얼거리자 테테루와 자넷은 주변을 둘러보았다. 아무래도 오늘도 소녀의 모습은 페리스 이외에는 보이지 않는 듯하다.

소녀는 마루 위를 미끄러지듯 페리스에게 다가왔다. 여느 때의 자상한 미소와는 다르게 미안해하는 표정으로 천천히 고개를 숙였다.

"……미안해. 네게만 부탁해서."

"흐에?!"

처음 들은 소녀의 목소리는 용모와는 다르게 또렷하고 아름다웠다. 그 말투는 이상하게 어른스럽고 위엄이 있었다. 분명 말하지 못할 거라고 생각하던 페리스는 깜짝 놀랐다.

"하지만 난 그 아이들을 구해주지 못했으니까. 보고 있을 수밖에, 기다릴 수밖에 없었으니까. 그러니…… 조금이지만 도와주게 해줘."

"부, 부탁드려요……."

페리스는 곧바로 끄덕였다. 지금은 너무 급해 귀신의 힘이라도 빌리고 싶은 상황이다.

"곰돌이 그림책은 이 방의 아래에 있어."

"아래……?"

바닥을 가리킨 소녀.

"그래. 바닥 사이에 작은 공간이 있어. 마음에 드는 장난감이나 그림책, 로버트가 준 편지를 자주 그 아래에 숨겨뒀었어."

"찾아볼게요!"

페리스는 바닥의 틈에 손을 넣었다. 어떻게든 안을 찾아보려고 노력했지만 너무 좁아 팔이 들어가지 않았다. 그렇다고 바닥을 들어보려 해도 움직이지 않았다.

자넷이 물었다.

"뭐 하시나요?"

"바닥 밑에 그림책이 있는 모양이에요! 하지만 판자가 무거워서……."

"그 판자, 고정된 것 아닐까요?"

"그럼 고정을 풀면 돼!"

테테루가 틈으로 손을 넣어 판자를 움켜주고 그대로 벗겨냈다. 아니, 꺾었다고 하는 편이 정확할 것이다.

페리스는 눈을 크게 뜨고 바닥 밑을 살폈다.

"찾았어요!"

숨어 있던 그림책이 도망치기 전에 서둘러 달려들었다. 절대 놓치지 않도록 꼬오오오옥 안았다. 이 안에는 앨리시아 씨가 있다. 소중한 사람이 있다. 이제 두 번 다시 멀리 데려가게 놔둬선 안 된다.

"후후후…… 이제야 찾았네요……."

하얀 지팡이를 들고서 그림책을 노려보는 자넷.

"도망치려고 하면 뭉개버릴 거야."

명랑한 얼굴로 손가락 관절을 꺾어 소리를 내는 테테루.

"어딜 가도 난 곰돌이의 기척을 알 수 있어."

슬픈 눈동자로 그림책을 바라보는 소녀.

세 동료의 포위망이 완성했다. 포위한 것은 커스드 아이템인 그림책일 텐데 페리스는 어쩐지 자신이 포위된 것만 같아 조금 무서웠다.

"죄, 죄송해요!"

"뭐가요?!"

자신도 모르게 위축된 페리스를 본 자넷이 당황했다.

"괴롭히지 말아 주세요!"

"괴롭히지 않아!"

열심히 용기를 짜냈지만 기본적으로 겁이 많은 페리스다. 매달릴 앨리시아가 없는 지금은 더욱 그렇다.

페리스는 그림책이 도망치지 않도록 침대에 밀어붙이고서 단단히 붙든 채 페이지를 펼쳤다. 그러나 지난번과는 다르게 그림책은 페리스 일행을 빨아들이려 하지 않았다.

"경계하는 모양이군요……."

"어떻게 하면 안으로 들어갈 수 있을까…… 에잇! 에잇!"

"그림책을 찢으면 안 돼요!"

종이에 억지로 손을 찔러 넣으려는 테테루를 자넷이 다급히 말렸다. 그림책이 찢어진다면 안에 있는 앨리시아까지 큰일이 벌어질 가능성이 있다.

"이제, 들어갈 수 없을까요……."

페리스의 눈동자가 떨렸다. 곰돌이가 그림책 세계와 통하는 문을 열어주지 않으면 앨리시아를 구해낼 수 없다. 작은 가슴에 커다란 불안이 퍼졌다.

떠는 페리스의 머리를 소녀가 살짝 쓰다듬었다.

"괜찮아. 내가 부탁하면 곰돌이가 들여 보내줄 거야."

침대 위에 놓인 그림책으로 다가간다. 입술을 모아 꿈결처럼 아름다운 목소리로 속삭인다.

"……곰돌아. 곰돌아. 나야."

그림책은 조용히 아무런 반응도 없었다. 소녀는 말을 이었다.

"문을 열고 이 아이들을 받아들여 줘. 내 목소리 알지? 나도 그림책 안에서 함께 살게 해줘."

그 순간.

『아아아아아아아아아아!』

땅 밑에서 솟아오른 듯한 포효가 울리며 그림책 안에서 빛이 흘러나왔다. 엄청난 속도로 페이지가 넘어갔다. 거친 바람이 불어 침실의 가구를, 의자를, 침대조차 휘감았다. 창문이 갈라지고 바닥의 판자가 계속해서 벗겨졌다.

"……가자."

소녀가 페리스의 손을 잡았다. 페리스와 자넷은 비명을 지르며 서로를 꼭 안고서 엄청난 섬광과 함께 그림책 안으로 빨려 들어갔다.

  그림책의 주인이 사는 궁전, 그 성문의 정문에 페리스 일행이 떨어졌다.
  자넷은 페리스와 서로 안은 채로, 바로 옆에는 모자 쓴 소녀가 떠 있었다.
  "이번에도…… 테테루 씨는 들어오지 못했네요."
  페리스는 주변을 둘러보았다.
  "이유는 모르겠지만 지금은 우리끼리 노력할 수밖에 없겠어요!"
  자넷은 긴장한 얼굴로 지팡이를 쥐었다.
  "난 그 아이를 찾을게."
  모자 쓴 소녀는 안개처럼 사라졌다.
  성의 모습은 처음 봤을 때와는 크게 달라졌다. 동화에 나올 듯한 장식들이 사라지고 성벽에서는 많은 대포가 나와 있었다. 성벽 그 자체도 더욱 두꺼워졌다. 이것은 성이 아니라 마치 요새 같았다.
  "싸울 준비가 완벽한 모양이군요."
  "……네."
  자넷과 페리스는 일어나 준비했다.
  땅울림이 점점 다가왔다. 성벽 너머에서 농밀한 악의로 물든 장기가 흘러나왔다. 투덜투덜, 거슬리는 군소리가 들려왔다.
  "어디야…… 그 아이는 어디야…… 어디에 있어…… 어디야아아아아……."

땅울림이 멈췄다. 주변을 채운 정숙. 그리고…….

"어쩔 수 없지……. 먼저 이 녀석들을 장난감으로 만든 다음이 야!"

성벽을 뛰어넘은 거대한 곰돌이 인형이 나타났다. 하늘을 찌를 정도로 거대한 몸이 커다란 음성과 함께 떨어졌다. 대지가 뒤흔들리자 페리스와 자넷은 넘어질 뻔했다.

곰돌이는 잔뜩 충혈된 눈동자로 두 사람을 노려보았다. 그 주둥이에서는 보라색 안개가 뭉게뭉게 피어올랐다.

"모처럼 쫓아냈는데 되돌아오다니 성가신 녀석들이네. 레티시아와 앨리시아는 영원히 이 갇힌 세계에서 살아가기로 정해졌는데."

페리스는 곰의 추악한 콧김에 날아갈 것 같으면서도 필사적으로 작은 발에 힘을 주어 저항했다.

"아, 안 돼요! 앨리시아 씨는 학교에 가야 해요! 자넷 씨하고 테테루 씨하고 저와 함께 수업을 받고 밥을 먹고 쇼핑하러 가야 해요!"

"뭐어어어? 내 알 바 아니야. 앨리시아는 중요한 미끼니까! 우리는 셋이서 행복하게 살 거야. 내가 전부 정해줄 거야!"

곰은 흉악한 발톱을 드러내며 세차게 포효했다.

공기가 떨리며 페리스와 자넷의 몸이 저릿저릿 떨렸다. 고막이 찢어질 것만 같아 페리스는 귀를 막았다.

무섭지만 여기서 물러날 수는 없다. 앨리시아를 잃을 수는 없다. 그녀가 필요로 해주는 이상, 어떡해서든 데리고 돌아가야 한다.

페리스는 자신의 몇백 배는 될 법한 크기의 곰을 올려다보았다. 떨리는 손바닥을 단단하게 쥐고서 목소리를 짜냈다.

"가, 강요하는 건 좋지 않아요! 다들 집이 있으니까 풀어주세요! 부탁드려요!"

"시끄러워! 시끄러워! 나한테 명령하지 마! 난 대단하다고! 난 이 세계의 왕이야! 너 따윈 두 번 다시 방해할 수 없도록 엉망으로 망가뜨려주겠어!"

곰이 좌우의 앞다리를 들자 하늘이 일그러졌다. 동심원 형태의 비틀림을 형성하더니 하늘에서 새빨간 운석을 떨어뜨렸다. 죽음의 유성우가 공기를 불태우며 쏟아졌다.

"으와와?! 겹쳐라 노래, 부수어라 의지, 프리페이즈 실드!"

페리스가 서둘러 언령을 읊으니 들었던 손을 중심으로 마법 결계가 발생했다. 투명하고 튼튼한 껍질이 페리스와 자넷의 몸을 쏙 덮었다. 유성우가 대지를 때리고 증기와 열파가 뿜어졌다. 그러나 페리스 일행의 피부에는 그을린 흔적 하나 나지 않았다.

곰이 커다란 주둥이를 벌리고 입에서 보라색 장기를 뿜었다. 장기는 정원이 땅과 벽을 녹이며 마법 결계를 공격했지만 결계는 꿈쩍도 하지 않았다.

"제길! 제길, 제길, 제길! 뭐야, 그 배리어는! 어째서 부서지지 않아?! 여기는 내 세계인데!"

"자넷 씨, 제게서 떨어지지 마세요!"

"아, 알았어요!"

자넷은 페리스에게 힘껏 들러붙었다.

"조, 조금 떨어져 주시는 편이 싸우기 편한 것 같기도 하고……."

"그럴 수는 없어요! 결계가 부서지면 제가 방패가 되겠어요!"

"그럼 자넷 씨가 큰일이잖아요!"

"너덜너덜해질 각오는 됐답니다!"

"흐에에에에에?!"

페리스는 움직이기 무척이나 움직이기 어려웠다. 평소라면 친구가 안아주는 것을 정말 좋아했지만 상황이 상황이다. 곰의 공격은 점점 거세졌다.

"아, 정말, 성가시네! 얘들아, 가!"

곰이 명령하자 성벽 너머에서 무수히 많은 사슬이 튀어나왔다.

사슬의 끝에는 각각 사람이 묶여 있었다. 몸에 난 귀와 꼬리로 볼때 성의 정원에서 붙잡혔던 사람들일 것이다. 그러나 지금은 전과는 어딘가 다르게 눈에 이성이 담기지 않았다. 야수처럼 으르렁대며 네 발로 기어 페리스 일행 쪽으로 돌진했다.

사슬 달린 사람들이 마법 결계에 몸을 부딪쳤다. 주먹으로 때리거나 손톱으로 긁으며 결계를 부수려 했다. 단단한 결계를 앞에 두고 사람들의 뼈가 부서지고 손톱이 벗겨져 피가 튀었다.

"그, 그만두세요! 그만두세요!"

페리스는 떨었다. 이쪽을 공격하고 있지만 상대는 인간이다. 함부로 다치는 모습을 보고 싶지 않다.

"자, 자, 빨리 결계를 풀라고~. 그렇지 않으면 너 때문에 다른 사람이 피투성이가 될 거야~. 케케케케케케!"

낮은 소리로 짓궂게 웃는 곰. 자넷은 이를 갈았다.

"정말이지 썩어빠졌군요! 페리스가 불쌍하지도 않나요?!"

"설마! 우리의 세계를 방해하는 녀석은 죽어 마땅해!"

곰은 사슬 끝을 움켜쥐고서 휘둘러 거기에 매달린 사람들의 몸으로 마법 결계를 쳤다. 사람들은 온몸을 크게 맞아 비명을 지르고 고통의 눈물을 흘렸다.

"흩날려라, 단죄의 칼날이여! 브레이크 엣지!"

페리스는 울 것 같으면서도 언령을 읊었다. 머리 위에 마법진이 전개되어 대량의 얼음 기둥이 쏘아져 곰을 향해 빠르게 날아갔다.

그러나 맞지 않았다. 모든 얼음 기둥이 허공에서 격추되어 절단되고 작게 부서져 땅으로 떨어졌다. 페리스는 다시 언령을 영창했다. 그러나 몇 번 반복해도 공격이 곰에게 도달하지 않았다. 마법 결계는 보이지 않고 그 기척도 없는데도 적에게 닿지도 못했다.

자넷이 멍하니 중얼거렸다.

"안 되는군요……."

"아, 안 되지 않아요! 안 되면 안 돼요!"

페리스는 입술을 깨물었다. 앨리시아를 데리고 돌아가기 위해 이 싸움은 반드시 이겨야 한다. 어째서 마술이 곰에게 닿지 않는지 원인을 찾아야 한다.

'에우리알레 씨에게 배운 진실의 눈동자라면 혹시…….'

무언가를 알 수 있을지도 모른다. 그러나 두렵다. 그 힘을 사용하는 것이 두렵다. 또다시 보고 싶지 않은 것까지 보여 어디론가 끌려가게 될지도 모른다.

'하지만 하지 않으면 안 돼요…….'

페리스는 필사적으로 용기를 짜냈다. 곁에서 자넷에게 속삭였다.

"자넷 씨, 손을…… 잡아주시면 안 될까요?"

"네……?"

"무서워요. 제가 다른 존재가 될 것 같아서. 저를…… 제대로 붙잡아주셨으면 해요."

"아, 알겠어요."

자넷은 당황하면서도 페리스의 손을 단단히 붙잡았다.

페리스는 스읍 숨을 들이마신 뒤 잡념을 떨쳐내고 정신을 가다듬었다. 거대한 곰, 그 주위, 세계의 구석구석까지를 본다. 표면이 아니라 본질을, 실체가 아니라 근본을.

"그래요…… 그거면 되옵니다…….."

귓가에서 에우리알레의 환희에 찬 목소리가 들렸다. 보고 있다. 아니, 관찰당하고 있다. 페리스는 살짝 떨면서 계속해서 세계를 꿰뚫어 봤다.

그러자 주변에서 소리가 사라졌다. 열도, 바람도, 곰에게서 나오는 압박감도. 모든 잡음이 사라지고 세계에서 색채가 사라졌다.

이곳과는 다른 어딘가, 아득히 먼 곳에서 빛나는 옥좌가 보였다. 공백의 옥좌의 아래에서 시중드는 자들은 무서운 모습을 한 생물들. 그 안에는 예전에 만났던 소환수인 에우리알레와 레비아탄도 있었다. 레비아탄은 히죽히죽 무례한 미소를 띠었고 에우리알레는 기대에 찬 얼굴로 뺨을 물들여 이쪽을 바라보았다.

페리스는 자신의 몸이, 안쪽에서 소용돌이치는 무언가가 속수무책으로 소환수들이 있는 쪽으로 끌려는 것을 느꼈다. 그러나 그 흐름을 받아들일 수는 없다.

"아직…… 가고 싶지 않아요."

무의식중에 목구멍에서 목소리가 나왔다. 페리스는 자넷의 손을 쥐고서 필사적으로 이곳에 머물렀다. 소환수들의 모습이 흐려지더니 낙담한 목소리와 함께 사라졌다.

페리스는 눈앞의 세계에 초점을 맞췄다.

보인다, 보인다. 커다란 암흑 속 여기저기에 흩어진 영혼이. 아름다운 빨강으로 불타는 자넷의 영혼, 피로해진 포로들의 영혼, 칠흑으로 얼룩진 곰의 영혼도. 세계는 허식이 벗겨져 그 정체만을 드러냈다.

그리고 보였다. 곰의 거대한 몸 주변에 그물처럼 마력의 실이 펼쳐진 것을. 이해했다. 저 방어망이 페리스의 마술을 계속해서 쳐냈다는 것을.

페리스는 천천히 손을 들었다. 앨리시아와 자넷과 함께 돌아가기 위해. 그리고 사로잡힌 사람들을 구하기 위해.

언령을 자아내 의지의 힘을 최대한으로 담아 읊었다.

"눈이여, 모든 분노의 진압자인 힘이여, 어둠에 울리는 불꽃이 되어 적을 쓰러뜨려라…… 버티컬 화이트!"

페리스의 손바닥에서 마력을 응축된 눈 구슬이 방출됐다. 그것은 작고 작은, 마치 아몬드 한 알 같은 눈 구슬이었다.

"곰돌이 씨…… 미안해요. 조금 아플 거예요!"

"흥! 그런 작은 마법으로 날 쓰러뜨릴 수는……?!"

눈 구슬은 페리스의 손바닥에서 떨어지더니 가공할만한 기세로 곰 쪽으로 날아갔다. 예측도 추적도 할 수 없는 궤적을 그리며 눈에 보이지 않는 방어망 사이를 빠져나갔다.

곰은 다급히 방어망을 다시 구성해서 실을 더욱 촘촘하게 했지만 너무 늦어버렸다. 마술의 계산 속도도 발현 속도도 비교가 안된다. 공기 중의 수분이 순식간에 응고되어 불어나더니 눈 구슬은 눈덩이로 커지며 돌진했다.

"아무리 키워 봐도 왕인 날 쓰러뜨릴 수는……!"

곰이 입에서 불을 뿜어 대항하려 했을 때, 눈 구슬은 성보다도 거대한 형태가 되어…… 곰의 위로 떨어졌다.

"끄아아아아아아아아아아!"

납작해진 곰, 압도적인 땅울림, 뭉게뭉게 피어오르는 흙먼지. 눈 구슬에서 결정이 튀어나와 곰의 몸을 날카롭게 꿰뚫고 땅에 고정됐다. 성벽이 무너지고 사람들을 연결했던 사슬이 깨졌다. 대지에 균열이 일고 뚫린 구멍에서 얼음 기둥이 솟았다.

엄청난 흔들림에 쓰러질 것 같았던 페리스와 자넷은 서로의 몸을 지탱했다. 사슬에서 해방된 사람들은 이성을 잃고 소리치며 성쪽으로 달려갔다.

이윽고 흔들림이 수그러졌다.

"저기…… 괜찮, 으세요?"

페리스는 눈 구슬 밑에 깔린 곰에게 조심스레 말을 걸었다. 곰은 반쯤 지면을 파고들어 몸의 일부만이 밖으로 나왔다. 초점이 맞지 않고 숨도 드문드문 쉬었다.

"뭐야…… 뭐냐고 너희는……. 이 세계의 법칙은 내가 조종할 텐데……. 귀엽게 생겼는데 이렇게 강하다니 말도 안 돼……."

"결판이 난 모양이군요."

자넷은 가슴을 쓸어내렸다. 곰은 눈 구슬에 짓눌리면서도 강한 어조로 말했다.

"나, 날 쓰러뜨려도 의미 없어! 너희는 평생 여기서 나갈 수 없고, 다른 녀석도 보내주지 않을 거야! 바보, 멍청이!"

"저, 전혀 반성하지 않았어요……."

"이 곰을 없애버리면 되지 않겠어요?"

대범한 의견에 페리스는 말을 더듬었다.

"하, 하지만, 만약 곰돌이가 바깥 세계로 통하는 열쇠라면……. 저희는 정말로 갇혀버릴지도 모를 것 같아요……."

"그건…… 오싹하네요."

자넷은 두 팔을 안고서 몸서리쳤다.

"보통 커스드 아이템은 전문 프리스트가 천천히 분석해서 정화하는 법이지만, 밖으로 나가지 않으면 프리스트와도 만날 수 없겠네요."

"아, 아마 괜찮을 거라고 생각해요."

"어? 뭐가 말이죠?"

"아까 발견했어요. 곰돌이의 엉덩이에 좋지 않은 기척이 나는 게."

페리스는 잔해 위를 넘어 곰의 뒤로 돌아갔다.

그리고 발견했다. 전에 나무통 커스드 아이템을 쓰러뜨렸을 때도 목격했던 기묘한 꼬리를. 연체동물 같은 칠흑의 꼬리가 꿈틀대며 거기서 뻗은 혈관이 곰의 몸으로 파고들어 꿀렁꿀렁 탁한 마력을 보내고 있었다.

"이건……."

눈이 휘둥그레진 자넷.

"영차!"

페리스는 주저하지 않고 꼬리를 뽑았다.

갑자기 곰의 엉덩이에서 장기가 흘러나왔다. 마치 주머니에서 공기가 빠지듯이 엄청난 기세로 검은 안개가 뿜어졌고 곰의 거대한 몸이 쪼그라들었다. 순식간에 손발과 몸이 작아져 위를 짓누르던 눈 구슬이 성벽 안쪽으로 굴러갔다.

몇 초 후, 흉포하던 거대 곰은 사라졌다. 그 대신 거기에 있는 것은…… 여자아이도 가볍게 안을 수 있는 크기의 귀여운 곰 인형이었다.

앞다리로 뺨을 닦으며 그렁그렁 눈물을 흘렸다.

"미안…… 미안해……. 나, 나는…… 쓸쓸했어. 레티시아가 전혀 돌아오지 않아서 쓸쓸해서. 버림받은 게 괴로워서. 그래서 사람을 잔뜩 모아 즐겁게 보내고 싶었어……."

"저주가…… 풀린 모양이네요."

자넷이 중얼거렸다. 공포의 대상이었던 존재가 이렇게까지 작아지니 말문이 막혔다. 삼라만상을 뒤엎는 장기의 힘을 다시금 느끼게 됐다.

그때 모자 쓴 소녀가 성 쪽에서 다가왔다. 우는 곰을 보고서 슬픈 미소를 떠올렸다.

"끝났구나."

"네! 앨리시아 씨는 찾았나요?"

페리스의 질문에 소녀는 시선으로 가리켰다.

"앨리시아는 성에 있었어. 무사하지만 네가 필요해."

"무, 무슨 일 있나요?"

쩔쩔매는 자넷.

"가보면 알아. ……이 아이에겐 내가 말해둘게."

"고맙습니다!"

페리스는 인사를 하고서 자넷과 둘이서 성으로 달려갔다.

커스드 아이템의 장기가 사라진 탓인지 그림책 안의 거짓된 세계가 무너지고 있었다. 성벽이 모래가 되어 바스스 떨어지고 대지가 입자가 되어 깜박였다. 알레프베트 병사들은 말 없는 조각상이 되어갔다. 성 그 자체의 윤곽도 애매해져서 당장에라도 꿈속으로 녹아들 것만 같았다.

서둘러 이 세계에서 벗어나지 않으면 자신들도 꿈으로 빨려 들어갈 것이다. 그런 위기감에 내몰린 두 소녀는 길을 서둘렀다.

현란한 성문이 많은 수많은 주사위가 되어 무너지며 나올 리 없는 숫자 7을 내며 굴렀다. 페리스 일행은 부지를 지나 성안으로 들어갔다.

무너져가는 성의 호화로운 방에서 가짜 레티시아도 사라지려 했다. 고정된 듯한 미소인 채로 굳어져서는 움직이지 않았다. 화려한 드레스와 아름다운 손끝도 색을 잃고 벗겨졌다.

"어머님…… 어머님…… 사라지면 안 돼요…… 저를 두고 가지 말아요……."

어린 앨리시아는 어머니의 환영에 매달려 엉엉 울었다. 그 모습은 너무나도 안타까웠고 가녀린 팔은 정말이지 연약해 보였다.

"앨리시아 씨……."

페리스는 자신의 가슴에 날카로운 가시가 박히는 것만 같았다. 앨리시아 근처로 살짝 다가가 주저앉아 말을 걸었다.

"마중 나왔어요. 돌아가요."

"어……?"

앨리시아는 파란 눈동자에 한가득 눈물을 머금고 페리스를 바라보았다.

"여기는 앨리시아 씨가 있을 곳이 아니에요. 밖으로 나가요. 제가 함께 있을 테니까요. 계속, 계속 앨리시아 씨의 곁에 있을게요."

페리스는 천천히 타일렀다. 어린아이로 돌아온 앨리시아에게도 전해지기를 바라며. 앨리시아의 깊은 눈동자, 그 안쪽에 깃든 자상한 영혼을 들여다보며.

"하지만 어머님이……."

"그건 앨리시아 씨의 어머니가 아니에요. 곰돌이가 만들어낸 환영이에요."

"그 정도는…… 알고 있었어."

"알고 있었나요?!"

자넷의 눈이 휘둥그레졌다.

"꿈이라도…… 좋아. 난 어머님과 함께 있고 싶어. 곰돌이는 여기서 기다리면 진짜 어머님이 돌아온다고 약속해줬어."

"꿈이면 안 돼요. 제대로 진짜 세계에서 살아가지 않으면 안 돼요. 저와 함께 와주세요. ……앨리시아 씨."

페리스는 앨리시아를 바라보았다.

앨리시아는 어머니의 환영을 보았다. 앨리시아의 하얀 목이 살며시 떨렸다. 가녀린 입술이 무언가 말하려 했다.

그러나 앨리시아는 살짝 고개를 저었다. 강하게 쥐고 있던 손가락이 어머니의 환영에서 떨어졌다.

"언니가 함께 있어 준다면…… 행복해."

어린 앨리시아는 자신을 타이르듯이 말하며 페리스의 손을 잡았다. 페리스는 좋아하는 사람의 손을 꼭 쥐었다.

레티시아의 환영이 완전히 사라졌다. 실내의 가구도 사라지고 바닥도 어둠에 잠겼으며 들어왔던 문만이 새하얗게 빛나며 소녀들을 불렀다.

자넷이 급해졌다.

"스, 슬슬 탈출하지 않으면 큰일이에요!"

"네! 예전 세계로!"

페리스는 어린 앨리시아의 손을 쥐고서 문을 향해 달렸다. 세 사람의 발소리가 거짓된 성에 울렸다. 차가운 폭풍이 주변을 날려버리고 오래된 오르골 음색이 일행을 서두르게 했다.

페리스 일행은 빛나는 문으로 뛰어들었다.

다음 순간 페리스와 앨리시아와 자넷은 다락방에서 넘어졌다.

어둡고 먼지투성이지만 어째서인지 진정되는 냄새. 아까까지의 세계와는 다르게 이곳은 가짜가 아니다. 아무리 아름답지 않아도 더럽혀 있어도 분명한 진짜다.

"돌아……왔네요."

"후우…… 늦으면 어쩌나 싶었어요……."

페리스 일행은 안도하며 일어났다. 테테루가 앨리시아의 손을 잡고 폴짝 뛰었다.

"앨리시아, 어서 와! 걱정했어! 돌아와서 다행이야~!"

"으, 응……."

앨리시아는 원래대로 돌아와 있었다. 시원하게 뻗은 자태, 여신처럼 부드러운 얼굴, 아름다운 금발. 페리스가 좋아하는 평소의 앨리시아다. 다만 조금 어색해 보였다.

"왜 그래? 몸이라도 안 좋아? 아직 장기가 남았어?"

테테루가 걱정하니 앨리시아는 뺨을 붉혔다.

"아니, 그게 아니야. 그림책 안에서 있었던 일을 생각하니 부끄러워서……."

"흐에? 어째서요?"

페리스는 고개를 갸웃했다. 앨리시아는 그 질문에 입을 다문 채 답하지 않고서 바닥에 떨어진 그림책으로 다가갔다.

그림책은 마지막 페이지가 펼쳐졌고 그 위에 곰돌이 인형이 떠올라 있었다. 곰은 그저 환영인지 몸이 아련하게 비쳐 보였다. 날뛰던 시절의 사악한 기운이 온데간데없이 사라지고 매끄러운 눈동자와 짧은 손발이 귀여웠다.

앨리시아는 그림책 곁에 앉았다. 곰의 머리를 쓰다듬으며 자상하게 말을 걸었다.

"미안해, 곰돌아. 레티시아는, 내 어머님은, 널 버리지 않았을 거야. 다만…… 네게로 돌아올 수 없게 됐을 뿐이야."

앨리시아는 떠올랐다.

어린 시절, 어머님이 갑자기 사라졌을 때를. 그때는 영문을 알 수 없었다. 어머니가 자신을 싫어하게 됐다고 생각했다. 정이 떨어져 자신을 두고 천국에 가버렸다고.

그러나 그렇지 않다. 레티시아는 딸을 모든 것을 바쳐 사랑한 어머니였다. 결코 딸과 자신이 좋아하는 그림책을 버리는 냉정한 인간이 아니었다.

"응……. 그건 이제 알아. 그 아이한테 들었으니까."

"……응?"

곰의 말에 페리스는 어리둥절했다. 페리스도 자넷도 곰과 그런 이야기를 한 기억이 없다. 그 아이라면 누구를 말하는 걸까 궁금했다.

"어머님은 상당히 오래전에 돌아가셨어. 그래서 널 만날 수 없어……. 정말 미안해."

앨리시아가 머리를 숙이자 곰은 고개를 저었다.

"네가 사과할 것 없어! 내가…… 내가 이상하게 된 게 잘못한 거야! 쓸쓸해서 참을 수 없었다지만 나도 모르게 그 녀석이 시키는 대로 해버렸어!"

"그 녀석?"

테테루가 눈을 깜박였다.

"……응. 어쩐지 새카만 그림자에 감싸인 여자가 말했어. 이제 쓸쓸하지 않도록 힘을 빌려주겠다고. 정신이 들고 보니 난 인간을 빨아들이는 저주받은 그림책이 됐어……."

"그거, 나무통 커스드 아이템도 말했었지?"

"대체 누구일까요……?"

자넷이 의아해했다. 어쩐지 불온한 느낌이었다. 지맥 사냥꾼에서 나무통 커스드 아이템, 그리고 곰돌이 그림책. 모든 재앙에 같은 냄새가 풍긴다.

"모르겠어. 하지만 무척 무서운 사람이었어. 굉장한 마력을 지녔어. 그 사람만큼은 다가가선 안 돼. 나는…… 가까이하고 말았지만."

곰은 고개를 숙였다. 인형의 털 하나하나가 힘없이 쳐졌다.

"정말 미안해. 하지만 이걸로 전부 끝났어. 힘을 잃은 난 모두를 붙잡아둘 수 없어. 다시 예전처럼 외톨이야……."

단추로 만든 눈동자에서 눈물이 흘러나왔다. 계속해서 그림책을 적시며 파문이 퍼졌다.

"……혼자가 아니야."

"어……?"

앨리시아가 말하자 곰은 어리둥절했다.

"내가 책임지고 널 받을 테니까. 넌 어머님의 유품이잖아. 제대로 내가 기숙사로 가지고 돌아갈 테니 넌 외톨이가 아니야."

"앨리시아?! 커스드 아이템이었던 그림책을 자신의 방에 두겠다는 건가요?!"

자넷은 깜짝 놀랐다.

"괜찮아. 보통 무서워하겠지만…… 나한텐 페리스가 있으니까. 그렇지?"

"네! 곰돌이가 나쁜 짓을 하려고 하면 제가 전력을 다해 막을게요!"

페리스는 주먹을 쥐고서 다짐했다.

"아, 아하하…… 자상하네……. 꿈만 같아…… 이런 나를, 다른 사람에게 심한 짓을 한 나를 받아준다니……."

"꿈이 아니야. 모두 함께 돌아가자."

앨리시아는 곰 인형을 살짝 안았다.

"고마워……. 난 돌아갈게…… 레티시아가 남겨준 소중한 여자아이와……."

곰은 미소 지었다.

그 미소는 그림책 표지에 그려진 사랑스러운 미소와 거의 똑같았다. 다른 점이라고 한다면 차오른 눈물로 뺨이 적셔진 것 정도였다.

"『행복한 곰돌이』다……."

테테루가 기쁜 표정으로 속삭였다.

반짝반짝 형형색색의 빛 입자가 그림책 주변을 떠돌기 시작했다. 조금 남았던 장기도 빛나는 입자와 녹아들듯이 사라졌다.

"……또 보자. 레티시아의 딸. 평범한 그림책이 된 나를 잘 부탁해."

곰 인형은 부드러운 미소를 떠올린 채 앞다리를 흔들었다. 그 몸이 선명한 빛에 감싸이더니 스스로 빛이 되어 모여들듯이 종이에 빨려 들어갔다.

그림책의 표지가 덮어졌다. 그것으로 움직이거나 빛나거나 말하지도 않았다. 힘을 잃고서도 표지에 그려진 곰은 웃고 있었다.

부드러운 정숙이 주위를 감쌌다. 소녀들은 무슨 말을 해야 좋을지 알 수 없어 그림책을 바라보았다. 꿈의 여운이 남아 아직 식지 않은 것만 같았다.

"아래로…… 돌아갈까?"

앨리시아는 바닥에서 그림책을 주워 소중히 품에 안았다.

"난 어쩐지 배고프다! 간식 먹자!"

테테루가 힘차게 달렸다.

"감동이라는 게 조금도 없네요, 당신은!"

"조금은 있어! 잘 모르겠지만!"

"적당히 말하지 말라고요!"

자넷도 지지 않고 말하며 다락방에서 계단을 내려갔다.

"와~! 간식이에요~!"

페리스는 무척 기뻐하며 다른 세 사람을 따라가려 하다가.

"흐에……?"

뒤에서 기척을 느꼈다.

창가에 책장 사이로 무언가가 있었다. 어쩌면 아까 곰이 말한 사악한 존재일까 싶었던 페리스는 자세히 들여다보았다.

둥실, 산들바람에 나부끼듯 모자 쓴 소녀가 나타났다. 약간의 장기도 없이 사악한 존재와는 정반대인 신성한 아우라를 냈다.

소녀는 자상하게 미소 지었다.

"고마워, 페리스. 앨리시아를 구해줘서. 곰돌이도 구해줘서. 넌 내 소중한 아이를 둘이나 지켜줬어."

"아, 아니에요! 그림책 안으로 들어갈 수 있게 도와주신 덕분이니까요!"

페리스는 다급히 손을 저었다. 정면에서 고맙다는 말을 듣는 것은 부끄럽고, 자신이 대단한 일을 한 것 같지도 않았다. 자넷에게 혼나지 않았더라면 지금도 침실에 틀어박혔을지도 모른다.

"나는 이제 가야 하는데…… 앞으로도 앨리시아를 잘 부탁해. 그 아이는 어른스럽게 보여도 실은 어린아이니까. 네 힘이 필요할 거야."

"저라도…… 괜찮은가요?"

페리스는 조심스럽게 물었다.

"네가 좋아. 너만 곁에 있으면 그 아이는 이 세상 누구보다도 안심이야. 난 영혼의 반을 오랫동안 저쪽 세계에 두고 있었으니까 알 수 있어."

소녀의 말투에는 신기한 확신이 담겨 있었다. 그 자신감이 페리스에게도 전해져 작은 가슴에 용기가 솟게 해주었다.

"그, 그럼 전 계속 앨리시아 씨의 곁에 있을게요! 꼭 도울게요!"

페리스는 주먹을 쥐고서 선언했다. 어린 앨리시아에게는 한 번 약속한 일이지만, 어째서인지 이 소녀에게도 말해둬야 할 것만 같았다.

"고마워. 항상 너희를 지켜보고 있을게."

소녀는 모든 것을 감싸듯이 웃었다. 가련한 몸이, 순백의 원피스가, 자애에 찬 눈동자가 빛의 입자로 변해갔다. 주변을 눈부시게 비출 정도의 빛이 유독 강하게 빛났다.

그때였다. 페리스는 소녀가 누구인지를 깨달았다. 앨리시아를 사랑하고 그림책의 곰돌이를 신경 쓰던 그녀. 병으로 누웠던 페리스의 곁을 지켜주었던 그녀. 추억의 별장을 추억 속의 모습으로 거닐던 그녀가 누구인지를.

"열심히 지킬게요. ……레티시아 씨."

페리스는 살짝 미소 짓고는 다락방에서 내려갔다.

에필로그

어둡고 어두운 심연. 칠흑의 비에 침식된 듯한 대지의 깊은 곳에 발소리가 울렸다.

마녀가 돌아보니 거기엔 두건을 깊숙이 눌러쓴 남자들이 있었다. 불쾌하고 창백한 얼굴로 입술이 추하게 올라가 있었다. 탐구자들. 세간을 떠들썩하게 한 교단의 금술에 몸을 바친 마술사다.

"……누군가 했더니 그대들이군. 이런 곳까지 무슨 일이지?"

마녀는 얼굴을 찡그렸다. 그러자 마술사가 웃었다.

"약간의 상황 파악입니다. 최근 당신이 만든 커스드 아이템이 계속해서 사라지는 것 같더군요. 조금 이야기를 들어보고 싶어서 말입니다."

"그대들과 할 말은 없다. 내 계획은 막히지 않고 진행되고 있어."

"네, 물론 괜한 참견할 생각은 없습니다. 다만 당신의 봉인을 풀어드린 것은 우리라는 사실을 잊지 마시길."

비위를 맞추는 듯하면서도 협박하는 듯한, 악의에 찬 속삭임. 듣는 것만으로 마녀는 등줄기가 서늘해졌다.

"……물론 그대들에게 보답을 준비하지."

"아, 잊지 않으신 것 같아서 다행이군요. 정말이지 걱정했습니다. 어떤 마도사가 상대인지는 모르겠지만 당신이 밀리는 것처럼 보였거든요."

확실한 도발. 마녀는 콧방귀를 뀌었다.

"흥, 내가 밀린다고? 그런 일은 있을 수 없다."

"문제가 없다는 뜻인가요?"

"끈질기군. 커스드 아이템을 아무리 없앤다고 해도 더 많은 것을 만들 뿐이야."

"그럼…… 부디 잘 부탁합니다. 당신이 모은 마력 중 3할은 우리의 성당으로 보낸다는 약속……."

마녀는 시끄럽다는 듯이 손을 저었다.

"알고 있다. 그대들이 풍기는 썩은 냄새가 마음에 들지 않으니 썩 사라져라."

"크크…… 아무래도 방해한 모양이군요."

탐구자들은 히죽히죽 웃으며 동굴에서 떠났다.

그들이 사라지기를 기다린 마녀는 한숨을 쉬었다. 몇 번을 만나도 마음에 들지 않는 녀석들이다. 그러나 협력 관계인 이상 상대하지 않을 수도 없다.

마력으로 만든 임시 육체, 그 손바닥을 횃불에 비추어보고서 속삭였다.

"이제 얼마 안 남았다……. 이제 조금이면 손이 닿는다……. 내……."

맑은 하늘 아래 아침 바람이 부는 속에서 마차가 달렸다. 마부석에서 가볍게 채찍 소리가 울리자 호위 임무를 맡은 다니엘라가 검에 기대 하품을 했다.

긴 휴가가 끝나고 오늘은 마법 학교로 돌아가는 날이었다. 바다는 정말로 즐거웠지만 슬슬 학교가 그리워진 소녀들이다.

"앨리시아 씨, 목마르지 않으세요? 업어드릴까요?"

"마차 안에서 업을 필요 없다고 생각해."

"뭐든 좋아요! 뭐든 제가 해줬으면 하는 일은 없나요?"

페리스는 책임감을 불태웠다. 그녀의 어머니에게 부탁을 받은 이상 앨리시아를 행복하게 해줘야 한다. 부탁을 받으면 기쁠 나이다.

"또 언니라고 불러도 괜찮아요! 그때처럼!"

"그, 그만…… 그 일은 말하지 말아줘……."

부끄러워 죽을 것만 같은 앨리시아. 평소엔 냉정한 편인데 얼굴이 새빨개졌다. 어린 모습으로 돌아갔을 때의 말들은 떠올릴 때마다 몸부림치게 된다.

"후후, 그 앨리시아는 어리광쟁이에다 울보인 것이 완전히 어린애였으니까요. 아니, 그건 갓난아기였어요!"

이때를 놓칠세라 자넷이 놀렸다. 앨리시아는 귀까지 빨개져서는 몸을 떨었다.

"자, 자넷…… 화낸다……?"

"당신이 화내도 무섭지 않답니다!"

새초롬하게 답한 자넷. 앨리시아를 놀릴 기회는 너무나도 귀중하니 그 일은 영원히 이용할 생각이었다. 어쨌든 평소엔 자넷이 앨리시아에게 놀아나기 때문이다.

"난 앨리시아 씨를 지키겠다고 약속했어요! 앨리시아 씨의 어머니는 될 수 없을지도 모르지만 언니라면 될 수 있어요! 힘낼게요!"

"고맙지만 아무리 그래도 페리스를 언니라고 부르는 건……."

너무나도 부끄러워 손바닥으로 얼굴을 가린 앨리시아.

"그럼 내가 부를게! 페리스 언니~!"

"흐에?!"

테테루가 껴안자 당황한 페리스.

"괘, 괜찮으시다면 앨리시아를 대신해 절 업어주셔도……."

꼬물꼬물 조심스럽게 제안한 자넷.

떠들썩한 소녀들을 태운 마차는 그렇게 도로를 달렸다. 부드러운 바람이 페리스의 뺨을 쓰다듬었다. 앨리시아의 자리 옆에는 모두를 지켜보듯 그림책의 곰이 웃고 있었다.

〈『열 살 최강 마도사 4』에서 계속〉

열 살 최강 마도사 3

2018년 09월 07일 제1판 인쇄
2018년 09월 17일 제1판 발행

지음 아마노 세이주 | **일러스트** 후카히레 | **옮김** 김덕진

펴낸이 임광순 | **제작 디자인팀장** 오태철
편집부 황건수 · 신채윤 · 이병건 · 이홍재 · 김호민
디자인팀 이종훈 · 박진아 · 한혜빈 · 김태원
국제팀 노석진 · 엄태진

펴낸곳 영상출판미디어(주)
등록번호 제 2002-000003호
주소 21311 인천광역시 부평구 평천로 132 (청천동)
전화 032-505-2973(代) | **FAX** 032-505-2982

ISBN 979-11-319-8812-1
ISBN 979-11-319-7778-1 (세트)

十歳の最強魔導師 3